JUNTOS NO INFINITO
Copyright© C. E. Dr. Bezerra de Menezes

Editor: *Miguel de Jesus Sardano*
Supervisor editorial: *Tiago Minoru Kamei*
Capa: *Thamara Fraga*
Revisão: *Rosemarie Giudilli Cordioli*
Projeto gráfico e diagramação: *Tiago Minoru Kamei*

1ª edição - maio de 2012 - 3.000 exemplares
Impressão e Acabamento: Lis Gráfica e Editora Ltda.
Impresso no Brasil | Printed in Brazil

Rua Silveiras, 23 | Vila Guiomar
CEP: 09071-100 | Santo André | SP
Tel (11) 3186-9766
e-mail: *ebm@ebmeditora.com.br*
www.ebmeditora.com.br

Dados Internacionais de Catalogação na Publicação (CIP)
(Câmara Brasileira do Livro, SP, Brasil)

Euzébio (Espírito).
  Juntos no infinito / espírito Euzébio ; médium
Álvaro Basile Portughesi. -- 1. ed. --
Santo André, SP : EBM Editora, 2012.

  1. Espiritismo 2. Psicografia 3. Romance
brasileiro I. Portughesi, Álvaro Basile.
II. Título.

12-05203   CDD–133.93

Índices para catálogo sistemático
1. Romances espíritas : Espiritismo 133.93

ISBN: 978-85-64118-20-1

Álvaro Basile Portughesi

Juntos no Infinito

Romance

pelo Espírito
Euzébio

Caro leitor

Neste livro não encontrarás o egocentrismo de César, tampouco a verve de Luís de Camões, os quais impressionaram a Humanidade. Mas temos a certeza de que identificarás as marcas dos teus próprios passos nas areias do tempo, como se o quadro de todas as épocas se apresentasse, retratando tuas ações na interminável praia da vida.

Talvez, hoje, a pena do escritor não divulgue a tua atual existência na Terra, por julgá-la anonimamente pálida, a qual não mereceria vir a público. Entretanto, quem nos poderá garantir que não fomos partícipes dos acontecimentos que embasaram as histórias que hoje enriquecem as Bibliotecas do mundo!

Poderias alegar que conheces as próprias limitações no que tange ao amor e ao serviço, no entanto, não foram somente virtudes que escreveram páginas famosas, mas também outros sentimentos que desfilaram, desde a criatura das cavernas até o chamado "Homo sapiens".

Quem te vê, neste momento, na poltrona da sala, na cadeira da praia, no banco do sítio ou na giratória do escritório, por certo, não imagina que pode estar frente a frente com um personagem de JUNTOS NO INFINITO.

Se, de fato, te encontras inserido nesse contexto, de nossa parte agradecemos pelo valioso concurso, pois nos concedeu o ensejo de levarmos aos leitores da presente obra as lutas, os anseios de alguém que, por fazer parte deste Universo, é acima de tudo nosso irmão.

EUZÉBIO

Sumário

Mercado de escravos **11**

Calúnia **29**

A permuta **53**

Um plano criminoso **87**

O castigo **109**

A mentira **127**

A acusação **141**

A confissão **155**

A carta de Marcos **183**

A intervenção de Eustáquio **231**

Um grito na noite **263**

Venerável Benfeitora **281**

O ataque **303**

Juntos no infinito **321**

Mercado de escravos

Lisboa, contemplada através do mar, deixa a impressão de se visualizar um cenário em que as ruelas, dispostas em degraus, sentam-se nas colinas e se deitam sobre o estuário. Estilo manuelino com traços de Renascença. Suas praças ostentam palmeiras, revelando a ascendência Moura. Arcos rendados adornam o Mosteiro dos Jerônimos, caracterizando similitude com os templos da Índia. Em outra Era foi denominada de Olisipo, por Ulisses, segundo a Mitologia. Augurou ao Infante Dom Henrique a precedência, no que tange a vitória da Ciência na conquista de além--mar e também galgou a torre de Belém para acenar aos navegadores. Agraciada com as dádivas do Tejo, viu erigirem-se nas colinas os mananciais que lhe enriquecem a fauna e a flora. Povo saudável, sob o influxo dos ares do Ocidente, o qual coloca ardor e paixão naquilo que realiza.

Incrustado, geograficamente, como se fosse um coração, Alfama, o velho bairro, com seus estreitos arruamentos, exibia suas moiçolas que caminham despreocupadas ao entardecer. Comércio intenso agitava-se dia e noite, recebendo, notadamente, nas vésperas das madrugadas, em suas cantinas e bordéis, a frequência da nobreza ávida de prazeres.

Embarcações tentavam desprender-se das amarras sob o impulso dos ventos de outono. O porto de Lisboa recebia, naquela clara manhã, enorme afluência de pessoas que buscavam adquirir especiarias, frutos, artesanatos e até mesmo comprar escravos negros, para os mais diversos serviços.

Mas é na praça central que vamos encontrar, nesse domingo festivo, anunciado pelas bandeirolas multicores, os FAMOSOS MERCADORES DE ESCRAVOS, cujo comércio contrastava com a graça e a singeleza das casas dispostas em círculos, janelas entreabertas, forradas no parapeito com tapetes bordados.

Enquanto alguns, em altos brados, anunciavam as vantagens de suas mercadorias em insistência pertinaz, outros realizavam suas compras entre queixas e cansaços, que o vozerio parecia acentuar. Nessa refrega o que mais nos chamou a atenção foi a presença de um mercador, que, com seus punhos fortes, mantinha à sua mercê, atado a uma coleira, um negro que, suarento, esperneava.

Postados sobre a plataforma improvisada, ainda que o escravo se debatesse na tentativa de desvencilhar-se, o seu "Senhor" apregoava imperturbável:

Juntos no Infinito

– Senhores, eis aqui um belo espécime! Não percam a oportunidade! Vale seu peso em ouro, mas estou-lhe oferecendo o escravo por apenas duas oitavas.

– Solte-o! – gritou um rapaz.

– Ele está ferido no pescoço – protestou uma senhora, referindo-se ao sangue que brotava provocado pela pressão da coleira de ferro.

Em meio à multidão, quase enfurecida, e que se aglomerava diante da frágil plataforma, um casal observava a cena com espanto:

– Vê Jaci, em pleno século XVII ainda esses espetáculos degradantes persistem. Um homem vendendo um negro, como se fosse uma mercadoria qualquer!

– Sim, Guaraci, a escravidão do homem pelo homem tem resistido ao tempo, alimentada por interesses mesquinhos! Após uma breve pausa, Jaci esboçou um leve sorriso de satisfação, assim como alguém que houvera encontrado a solução para determinado problema.

– Já sei meu bem. Talvez possamos fazer algo em favor do prisioneiro. Se conseguirmos adquirir sua carta de alforria, poderemos soltá-lo em seguida.

– Boa ideia, querida!

Guaraci tentava vencer a barreira humana, enquanto erguia os braços para chamar a atenção do mercador. Mas... Nesse preciso instante, ouviu-se um estalido – era a plataforma que se rompia, pressionada pelo povo, provocando a queda do mercador e do escravo, que, ante a oportunidade surgida, embrenhou-se em meio à multidão e desapareceu.

Irritado, o negociante se levantou e, após sacudir as calças, saiu dizendo impropérios. Em face do ocorrido, o povo ria e batia palmas. Jaci e Guaraci não conseguiam disfarçar um sorriso de satisfação.

As águas mornas do rio Tejo corriam indiferentes aos casebres instalados à sua margem. Gaivotas planavam com elegância, para, em seguida, mergulharem ousadas nos lençóis das águas, como exímias pescadoras.

Esse espetáculo era observado todas as tardes por Mercedes, que, sentada nas proximidades, ali permanecia longas horas embevecida. O sol despedia-se, e o retorno ao lar era necessário. Nesse momento, a jovem ouviu um gemido que se assemelhava ao uivo de um animal ferido. Fugiu espavorida sem ousar a olhar para trás. O percurso parecia-lhe interminável, até que, por fim, ofegante, adentrou à sua casa, lançando-se aos braços da mãe.

– O que aconteceu minha filha? – indagou-lhe Jaci, demonstrando visíveis sinais de apreensão.

– Mamãe, ouvi um barulho estranho, saindo do interior da pequena caverna, como se fosse de um animal em agonia.

Juntos no Infinito

– Vem minha filha, agora te acalma e procura tomar um banho quente que te fará bem – disse Jaci, afagando os longos cabelos de Mercedes.

A noite alcançara suas primeiras horas, e um trotar de cavalos terminava defronte à residência de Guaraci; sim, alguém chamava do lado de fora e, após abrir-se a porta, o visitante anunciou.

– Sou Antônio Castro – disse sem compreender o motivo do ar de surpresa, que se instalara na face de Guaraci, ao reconhecer no homem o mercador que, naquela manhã, subjugara o rapaz.

– Acontece, meu senhor – prosseguiu o visitante – que perdi, ou melhor, escapuliu-me um escravo no dia de hoje e, segundo fui informado, ele foi visto nestas imediações. Trata-se de um jovem e o nome dele é Ernesto. O senhor, por acaso, não o viu?

Ante a resposta negativa de Guaraci, o mercador insistiu:

– Sabe o senhor que qualquer omissão à informação, ou asilo para um escravo de propriedade de outrem, pode sujeitar o infrator às pesadas penas da lei?

– Sim, meu senhor – respondeu Guaraci pacientemente.

– Então, informo-lhe que, se não encontrá-lo, terei de voltar a inquiri-lo, no que espero do senhor respostas mais positivas – afirmou o mercador com ares de arrogância, afastando-se, em seguida, sem o menor gesto amistoso.

Jaci e Guaraci entreolharam-se absortos diante de tal atrevimento, sem, porém, esconder a alegria pelo fato do fugitivo ainda se encontrar em liberdade.

Recostados ao travesseiro, Jaci e Guaraci comentavam o passado distante. A simplicidade da capela, onde eles juraram amor eterno, o jardim tão bem cuidado que circundava o templo, e a figura envelhecida do amorável sacerdote.

No quarto, ao lado, Mercedes refletia acerca do episódio que vivera, junto à caverna. Que animal seria aquele? Estaria faminto? Teria sido covardia abandoná-lo? E se ele sucumbisse por falta de socorro? Essas interrogações fervilhavam na mente da jovem. O afago noturno não conseguira adormecê-la.

Um gemido insistente quebrou o silêncio da noite. Alguém estaria vivendo instantes de grande sofrimento no interior daquela caverna, mas, à medida que o tempo foi passando, as queixas estridentes foram sendo substituídas por um som rouco e exangue. O misterioso ser perdia as forças.

Nas duas primeiras horas do novo dia o orvalho já umedecera as folhas da espessa mata, tornando a gleba mais fria e impiedosa. A criatura queixosa calou-se naquele momento.

Mercedes, envolvida pela ansiedade, não conseguira conciliar o sono. Necessitava tomar uma decisão. Algo precisava ser feito. Mas como? Meditava impaciente. Sair de casa àquelas horas da noite, se nem mesmo durante o dia tivera coragem de enfrentar o problema, socorrendo o agonizante? Pensava em aguardar o amanhecer, porém temia que viesse ocorrer o pior.

Finalmente, ergueu-se do leito, cuidadosamente, sem provocar maiores ruídos, calçou as pequenas sandálias, muniu-se de uma lamparina, abriu a porta e saiu com vagar, ganhando a escuridão. O vento uivava como os lobos da colina, e as árvores, recobertas pelo véu noturno, dançavam com a melodia da madrugada.

Em meio ao agreste, Mercedes permaneceu estática por alguns momentos. Suas pernas tremiam, e os longos cabelos chicoteavam sua face, agitados pelo vento. Tudo era temor. Fez menção em recuar, mas o elevado sentimento de piedade não permitiu. Em passos lentos e receosos dirigiu-se em direção à caverna, até que se aproximou da encosta, contornando pequena elevação e buscando a parte frontal da lapinha.

– Meu Deus! O que é isso? – balbuciou ao procurar identificar a criatura envolvida pela lama no interior da caverna. Com as mãos trêmulas acendeu a lamparina, erguendo-a, em seguida, para melhor visualizar o corpo que se movia no charco. Ao perceber que ali jazia, estirado, um rapaz, ajoelhou-se na borda da gruta, tentando arrastá-lo pelas pernas, mas o grito de dor da vítima fez com que recuasse. Estava ferido na altura da coxa esquerda; enorme corte deixava golfar o sangue misturado à lama, que Mercedes procurou estancar com improvisado torniquete, preparado com tiras da própria blusa.

– O que fazer agora? Deixá-lo naquela situação deplorável não seria justo. Teria de retirá-lo daquele lugar infecto, caso contrário não sobreviveria. Pensando assim foi adentrando pela toca afundando os pés no lodo fétido. Quando se sentiu perto da respiração ofegante do jovem, enlaçou-lhe o pescoço e em esforço extremo conseguiu erguê-lo parcialmente.

– Agora vamos – disse. Ajude-me, para que eu possa ajudá-lo. E foi, enquanto o rapaz gemia, tentando levantar-se, que Mercedes, ajoelhada em meio à lama, sustentava-o com a destra na altura da nuca. Finalmente, arrastaram-se até a borda da caverna. Extenuados pelo esforço, presenciavam esperançosos pelo arrebol que lhes ofertava as primeiras luzes do dia.

Em meio à videira que circundava a residência, Jaci e Guaraci, denotando preocupação, procuravam Mercedes. Somente após muitas buscas pelas cercanias, em um misto de alegria e surpresa, eles avistaram em pedregosa trilha o vulto da filha que servia de apoio para alguém.

À medida que se aproximavam da moça e do socorrido, a perplexidade aumentava. Mercedes, coberta de andrajos e os cabelos empastados de lameiro, deixava transparecer o aspecto de medusa. Ernesto, cambaleando, com a fronte pendida, parecia nada perceber ao seu redor. A febre lhe minava o organismo. Sua tez escura, recoberta de barro, tornava-o irreconhecível.

Estupefato Guaraci perguntou:

Juntos no Infinito

— Minha filha, o que está acontecendo e quem é esse moço?

— Ele estava sucumbindo em meio à lama no interior da caverna. Não os chamei para que me acompanhassem, pois não julguei justo despertá-los no início da madrugada, já que o problema dizia respeito a mim, pois, ao ouvir os seus gemidos na tarde de ontem afastei-me assustada. Agora, quanto à sua procedência somente me certifiquei tratar-se de um escravo fugitivo, isto informado por ele em um de seus raros momentos de lucidez.

Nesse momento, Jaci e Guaraci compreenderam plenamente o ocorrido, ao recordarem a fuga de Ernesto que se encontrava sob o poder de Antônio Castro.

Após banhar Ernesto em água morna, Guaraci o colocou sobre o leito alvo. O suor molhava a face do fugitivo. Mercedes desvelava-se em cuidados, pensando-lhe o enorme ferimento.

O dia transcorreu repleto de sobressaltos, de preocupações, pois a febre permanecia impiedosa. Guaraci, alegando que a única solução seria buscar um médico na cidade, colocou os arreios em seu cavalo e partiu a galope.

— Chegaria a tempo com o doutor? — perguntava para si mesmo, exigindo mais rapidez do animal.

Chegando à cidade, Guaraci não notou que uma figura esguia o acompanhava a distância. Levou

19

seu cavalo até o bebedouro mais próximo e, um pouco mais adiante, bateu à porta do consultório que mantinha a janela entreaberta. Convidado a entrar, relatou o ocorrido ao médico que o ouvia atencioso.

– Ah! Então o canalha mantém o meu escravo sob a sua custódia – resmungou Antônio Castro, que ouvira toda a conversa, espreitando pela janela.

Reunindo seus instrumentos de trabalho, o velho doutor dirigiu-se à sua pequena carruagem, para acompanhar Guaraci. O Sol se escondia, e o manto de sereno misturava-se ao negrume da noite.

Jaci e Mercedes atendiam ao rapaz, preocupadas com a demora de Guaraci em retornar. Por fim, respiraram aliviadas ao ouvirem bater à porta, após o trotar de cavalos. Mas, ao atenderem elas se surpreenderam com os visitantes, que eram Antônio Castro e seu capataz. Atrevidos, dirigiram-se ao leito de Ernesto e o retiraram com violência, sem atender aos apelos das duas mulheres que chegavam a suplicar. Atirado sobre o dorso do animal, o enfermo foi levado.

Sobre o chão frio da pequena cela, o escravo febril delirava. Lá fora, o ruído dos carros de tração animal que transportavam cana para a produção do melaço. As ordens severas de Antônio Castro eram ouvidas ao longe.

– Jeziel – ordenava o capitão – transporta o gado para a pastagem, providencia a ração para os animais e reforça a tranca da prisão, para que o negro não escape!

— Negro preso?! – exclamou Jeziel surpreso. Qual deles meu pai?

— O peste do Ernesto que se evadiu no dia da feira. Fui encontrá-lo justamente na casa da moça por quem dizes sentir simpatia. Uma coisa eu te digo: afasta-te dessa gente que não nos merece confiança.

— Ora, meu pai, embora não saiba explicar por que, não me sinto bem ao lado do escravo Ernesto. Compreendo a acolhida que lhe deram, pois bem sei o quanto se preocupam com a dor alheia, notadamente Mercedes, que é capaz de caminhar léguas para encontrar uma atadura que cure um pássaro ferido.

— Cuidado, meu rapaz! Eles não sabem que sou teu pai, e prefiro que continuem ignorando, pois não desejo familiaridades com esses vizinhos.

Jeziel rumou pensativo em direção aos afazeres. Como poderia afastar-se da amizade da jovem Mercedes, se uma força estranha o impelia para junto dela? E as canções que retirava das cordas de sua cítara, que sempre acabavam dizendo seu nome?

Fitou o Sol que tingia o horizonte, deitou os olhos sobre as águas límpidas do Tejo e começou a falar com emoção:

Quando te vi pela vez primeira,

Parecia um sonho da existência

Como se a vida por clemência
Me devolvesse a companheira.

A grande felicidade
Que tomou Minh' alma naquele instante
Presenteou o sofrido amante
Que, sem conhecer-te, sentia saudade.

Ainda envolvido pelo sentimento de amor que lhe agitava o imo d'alma, Jeziel direcionou o animal até a cela, onde se encontrava o escravo enfermo. Retirou pequena trava externa da rústica porta de madeira e, após abri-la, constatou que Ernesto estava sem sentidos. Insetos lhe pousavam no ferimento e na fronte suarenta. Mesmo não sentindo nenhuma estima por aquele escravo Jeziel lhe enxugou o suor e colocou água fresca entre seus lábios, retirando-se, após reforçar a tranca do cárcere.

Em sua propriedade, Guaraci e Jaci, juntamente com Mercedes, enquanto tratavam a videira, lamentavam o ocorrido com o escravo.

— O que será dele agora mamãe? — indagava Mercedes.

— Esperamos que Antônio Castro solicite a presença de um médico para assisti-lo; caso contrário, seu ferimento poderá agravar-se, tal é a profundidade do corte!

– Ah, meu bem! Procura não nutrir tantas esperanças quanto à solicitude daquele homem que revelou, no próprio olhar, a frieza dos mercenários – alertou Guaraci. Contudo, tentarei localizar a residência do mercador, no sentido de lhe propor a negociação da carta de alforria do escravo.

– Muito bem, papai! – exclamou Mercedes, abraçando-se ao genitor.

Iniciava-se o processo de gangrena na perna de Ernesto, e, somente por iniciativa de Jeziel, o doutor foi solicitado, para prestar-lhe atendimento.

– É Jeziel, receio que seja tarde – afirmou o médico, meneando a cabeça.

– Ele morrerá doutor?

– Tentaremos ministrar os medicamentos necessários, entretanto, se os resultados não forem positivos, restará o recurso da amputação.

– Amputar-lhe a perna?

– Sim, receio que o estado bastante avançado não permita que as medicações proporcionem a recuperação que desejamos.

O moço permaneceu cabisbaixo, pensativo, pois ali se encontrava, estirado e febril, um ser humano que não tivera por parte dele e de seu pai as atenções devidas. E quanto à Maria Mercedes, que conclusões ela tiraria a seu respeito, se algo de mais grave viesse a ocorrer com o jovem escravo?

Remoendo cismas, profundas preocupações, Jeziel despediu-se do médico e entrou em seus aposentos com o coração em sobressalto.

Manhã de Sol, anunciada pelos gorjeios dos pássaros, que, após despertar, espreguiçavam-se nos galhos e nas bordas dos ninhos. O odor do mato verde distribuía oxigênio e vida. Pardais em revoadas. Guaraci preparava a carruagem que o transportaria, juntamente com Jaci e Mercedes, ao mercado livre, para mais uma tentativa de encontrar o mercador Antônio Castro.

Cansados, após muitas buscas, aproximaram-se da praça, prendendo os animais junto ao bebedouro. Sem encontrarem Castro, interrogaram um senhor que anunciava especiarias.

– Já faz alguns dias que não o vejo – respondeu o homem de longas barbas encanecidas. Na última vez, ele deixou aqui na praça, para esmolar, um jovem escravo, que houvera perdido uma perna.

– Perdido uma perna? – surpreendeu-se, pesaroso, Guaraci, enquanto Mercedes e Jaci, adivinhando tratar-se de Ernesto, mal continham a emoção.

– Poderia informar-nos a respeito do paradeiro do jovem escravo? – perguntou Jaci com embargos na voz.

Juntos no Infinito

– Quem o recolheu foi Mariazinha – disse o senhor apontando para a banca em frente, onde uma jovem expunha artesanatos.

– Graças a deus – respirou Mercedes, aliviada. Até que enfim o encontraremos. Estamos gratos, meu senhor, que Jesus o abençoe.

Assim que se aproximaram, a moça prontificou-se:

– Desejam algo, meus senhores?

– Sim – respondeu Mercedes, tomada por uma simpatia "inexplicável" pela jovem. Estamos à procura de um jovem escravo que esmolava nesta praça.

– Vocês devem estar procurando por Ernesto, que hoje se encontra conosco, refazendo-se em "Nosso Novo Caminho".

– Trata-se dele mesmo – afirmou exultante Mercedes. Poderíamos vê-lo?

– Será um prazer servi-los; aguardem somente um instante até que eu recolha os produtos.

Em poucos minutos a pequena carruagem transportava os quatro passageiros até o porto. Diante dos semblantes interrogativos dos três personagens, Mariazinha esclareceu:

– Aqui é nosso templo de socorro, que serve aos necessitados de toda a sorte.

– E os recursos para esse empreendimento, de onde vêm? – interrogou Jaci.

– Além de recorrermos à caridade pública, mantemos diversos grupos de tarefeiros que desempenham afazeres distintos, como, por exemplo, o "Núcleo Artesanal", ao qual pertenço.

– E este imenso salão, seria a escola? – interpelou Guaraci. – Podemos dizer que sim, esclareceu Mariazinha. Aqui são ministradas terapias aos irmãos que desejam ingressar em novo clima de vida e comportamento, com a aquisição das bênçãos do Evangelho de Jesus, sob a direção do nosso querido Evaristo.

Demandaram imenso corredor, ladeado por pequenas salas, onde enfermos jaziam cobertos por lençóis.

– E este setor, está sob os cuidados de quem? – perguntou Jaci, notando a solicitude de Mariazinha.

– De Marcos, que, embora muito jovem, surpreende a todos pela desenvoltura na área da enfermagem.

Por meio da porta semiaberta de uma sala, finalmente, puderam encontrar, sob o lençol que contrastava com a cor do rosto, aquele que procuravam – Ernesto.

– Vamos entrar! – convidou Mariazinha.

Com a aproximação dos visitantes, Ernesto semicerrou os olhos, permanecendo alheio aos movimentos ao seu redor.

– Ele se encontra ainda sob os efeitos da depressão ocasionada pelos fatos que vocês já conhecem e, também, pela cirurgia a que foi submetido. Contudo, tem demonstrado sensíveis melhoras, passando a aceitar alimentação, o que anteriormente não ocorria.

– Com licença. Entrou no quarto um jovem todo vestido de branco.

– Meu deus! – pensou Mercedes. Esse rapaz deve ser o jovem Marcos acerca de quem Mariazinha nos falou há pouco.

Era inexplicável para Maria Mercedes a ternura que sentia naquele momento por aquela criatura que até então desconhecia. Parecia reconhecer naqueles cabelos anelados a imagem de alguém muito querido.

– Este é o nosso Marcos, apresentou-lhes Mariazinha, com a destra sobre o ombro do rapaz.

Mercedes sentiu uma vontade irresistível de abraçar o enfermeiro apresentado. Suas pernas, porém, pareciam paralisadas, não conseguindo dar um passo sequer.

Marcos cumprimentou todos com um sorriso amistoso e juvenil, dirigindo-se, em seguida, ao leito de Ernesto.

– Como vai o nosso amigo? – perguntou Marcos, acariciando os cabelos encarapinhados do enfermo.

Ernesto limitou-se a erguer o olhar para seu benfeitor, que, após fazer o curativo, despediu-se do paciente, a fim de acompanhar Mariazinha e os visitantes até a porta de saída.

– Procuramos esta casa – disse Guaraci – com a intenção de levarmos Ernesto para nossa residência, mas o que presenciamos aqui em termos de assistência e carinho nos desautoriza a abrigar esse propósito.

– Queridos jovens – prosseguiu Guaraci – agora mais do que nunca cremos no advento de um mundo melhor. Se, porventura, ainda resta algo que possamos fazer para minorar o sofrimento de alguém, nesta casa, contem conosco!

– Pois, existe – tomou Mariazinha a dianteira. Esses irmãos que aqui se encontram necessitam, acima de tudo, de pão espiritual. Por isso, todas as noites nós oramos junto a eles, rogando a Jesus que nos abençoe. Unam-se a nós, irmãos!

O calor do convite e a sinceridade das palavras despertaram nas cinco criaturas o sentimento forte das mais sublimes emoções, e, quando se deram conta estavam abraçados, formando um círculo.

Despediram-se os visitantes, retornando ao lar, tristes pela nova situação física do jovem escravo, mas confiantes nos socorros que lhe eram prestados.

Calúnia

Na residência de Antônio Castro.

— O que sucede meu filho, eu tenho notado que ultimamente a impassibilidade tem se apossado de ti?

— Ora, papai — respondeu Jeziel. Como poderia permanecer tranquilo com tantos acontecimentos adversos?

— Onde está a adversidade, se nada te falta e gozas de boa saúde?

— Nada me falta? Se o senhor soubesse como me tem faltado a paz de consciência, como não tenho conseguido dormir depois do que fizemos ao escravo!

— Proíbo-te de falar naquele desgraçado que somente me atazanou a vida, ocasionando-me prejuízos.

— Está bem, papai, calar-me-ei acerca desse assunto, mas devo adverti-lo de que, a partir de agora, recuso-me, terminantemente, a compactuar com qualquer tipo de tortura ou maus-tratos aos escravos.

— Eu ordeno, tu obedeces! — impôs Antônio Castro.

— O senhor ordena, e eu partirei desta casa para sempre.

— Ah! Quer me afrontar, seu fedelho, pois te mostrarei uma coisa!

Castro tirou a chibata da cintura, girou a língua de couro no ar e desferiu o golpe que atingiu "em cheio" os lábios de Jeziel, provocando o ferimento, por onde o sangue jorrou.

O rapaz saiu cambaleante até a varanda, ganhou o pátio, montou em seu cavalo e saiu galopando rumo à cidade, sob o olhar de Antônio Castro.

A noite descera sobre o porto e na casa de socorro a movimentação era intensa. No seu interior a movimentação era intensa. Os enfermos retirados dos quartos eram colocados no salão. Enquanto alguns permaneciam estirados sobre os leitos improvisados, outros, que já conseguiam locomover-se, tomavam assento nos bancos de madeira. Pela escadaria, à entrada do templo, subia grande número de visitantes, entre eles um jovem que levava a mão sobre o rosto, procurando ocultar o ferimento nos lábios.

Prestativa, Mariazinha providenciava acomodações, quando de repente deixou escapar uma frase de surpresa:

Juntos no Infinito

– Jeziel! Que bons ventos o tra... – interrompeu-se, ao notar o ferimento em sua boca.

– Estou aqui, procurando abrigo para esta noite, Mariazinha.

– Tudo bem, fica à vontade. Antes, porém, ouçamos o que o nosso Evaristo tem a dizer – disse a moça sem mencionar o ferimento.

Ao fundo, sobre pequeno estrado de madeira, um jovem se levantava para dirigir a palavra da noite. Alto, magro, olhar sereno, ergueu os braços como se estivesse querendo abraçar a todos.

O silêncio respeitoso tomou conta do imenso salão. Olhos súplices dos internados e visitantes aguardavam ansiosos pela palavra do venerável tribuno.

– Queridos, abrindo os nossos corações para a paz, rogamos ao Divino Benfeitor que nos socorra, a fim de que possamos receber o alimento imperecível de seu amor.

Nesse momento, nossas dores demonstram que se situam em diferentes pontos, que se originam do eu indestrutível.

Localizada a dor, encontraremos o remédio, e o maior recurso é benção disponível, que se nos apresenta invariavelmente a cada segundo. Estamo-nos reportando às lições ministradas pela vida, que insistimos em ignorar quase que em sua plenitude. Os olhos lacrimejantes tornam-se incapazes de contemplar os benefícios recebidos e a beleza do céu azul. A carranca, não se assemelhando ao sorriso, deixa de desfrutar igualmente da agradável presença da simpatia, e um coração tomado pelo rancor não abriga os tesouros inestimáveis da paz.

A reforma íntima é um dever que se impõe, para que tenhamos o direito à felicidade, não porque o Senhor da vida se compraz em castigar o filho que ainda não se dedicou à renovação, mas para adverti-lo de que a boa colheita só é realmente possível após um bom plantio!

A criatura humana é herdeira da felicidade plena, entretanto, a premência no recebimento dessa benesse coloca-se em favor daquele que lhe fizer jus, relegando ao retardatário a longa espera, através de dolorosas experiências repetitivas.

O tribuno interrompeu as próprias palavras por breve instante, ensejando reflexão para a plateia que o ouvia atentamente. Nesse momento, Marcos, o enfermeiro, aproximou-se mais de Mariazinha que, sentindo-se enlaçada, recostou a cabeça no ombro do jovem.

Mas... – prosseguiu Evaristo – temos um parâmetro maior, que, intimorato, venceu a barreiras do mundo, à guisa de exemplo, reacendendo entre nós as esperanças na promessa de uma existência tão sublime quanto o teor de seu verbo!

Amai-vos uns aos outros, como eu vos amei. Nessa máxima reside a chave que nos franqueará a porta de acesso ao jardim dos nossos sonhos. A ciência estimulará o progresso, emprestando valiosas conquistas, enriquecendo conhecimentos, promovendo o Planeta a novos estágios no que tange à materialidade. O pão, que será dado a todos, cumprirá sua parte como bênção mantenedora da vida física. Mas... Residirá no amor, e sempre no amor, a sagrada tarefa de redenção da Humanidade inteira.

Muitos passaram pelo átrio, delineando a retaguarda com indeléveis sinais de renúncia rumo ao vértice. Jejuaram, deixaram os confeitos terrenos, aceitando, contritos, o desafio da porta estreita. Palmilharam o deserto da incompreensão humana e, ao invés de reclamarem a água que lhes mitigasse a sede, transformaram-se em verdadeiros oásis em pleno areal. Sinalizaram o Norte para forasteiros e acenaram com a bandeira da paz àqueles que lhe apontavam canhões. Conseguiram ultrapassar os desafios da experiência física, espargindo sementes de uma nova flora.

As dores oriundas de um pretérito sombrio transformaram-se em abençoados cinzéis esculpidores, que, substituindo ulcerações por sanidade, permitiram o surgimento da cura.

Não se iludam, pois, com barreiras aparentemente intransponíveis. As macerações dolorosas de agora representam espinhos que se entranham, através da superfície, com a missão de extraírem outros espinhos mais profundos. Com esse entendimento, podemos deduzir que transportamos em nossas algibeiras as brasas do fogo que acendemos, cabendo a cada um o abrandar das próprias chamas.

Jeziel chorava, tomando para si os ensinamentos de Evaristo. A chibata que ferira os seus lábios representava para ele nada mais do que um instrumento que o seu próprio passado havia materializado.

Fazendo significativo gesto com a destra, o tribuno iniciou a oração de encerramento:

Senhor de todos os senhores,

Inspiração dos caminhos,

Que coroa de espinho

Fonte generosa de favores,

Possa ser algum dia

Para toda a Humanidade

A sublime claridade

Iluminada estrela-guia,

Mostrando ao homem do mundo

Que o sofrimento profundo

E as humilhações mais terríveis

Não apagam as luzes sensíveis

Nem destroem o amor...

Por isso, neste momento,

Ouvindo-te o ensinamento

Nós aceitamos a dor,

Sabendo que ela ensina

E somente deseja

A fé, que liberta e ilumina

Para sempre, assim seja!

Emocionados, os visitantes se acercaram de Evaristo com o propósito de abraçá-lo, enquanto os enfermos, acomodados em leitos improvisados, limitavam-se às reflexões e ao enxugamento das lágrimas.

Marcos e Mariazinha envolveram Jeziel em carinhosas atenções.

– E, então, bom amigo? – indagou Marcos. É verdade que decidistes ficar conosco, enriquecendo as fileiras do "Nosso Novo Caminho"?

– Longe de mim, abrigar tal pretensão, pois reconheço as limitações que me envolvem – disse Jeziel sussurrando com dificuldades em razão do ferimento. Venho solicitar pousada para uma noite apenas, esperando que o raiar de novo dia me inspire a um novo caminho.

– Fica conosco Jeziel – convidou Mariazinha. Nossa casa necessita de teus préstimos.

– Sinceramente, meus queridos, além de não possuir predicado algum, receio que minha permanência neste abrigo acarrete sérios problemas para todos, já que Antônio Castro, assim que tomar ciência de meu paradeiro não tardará, por certo, em suas investidas cruéis.

– Compreendo teus argumentos no que diz respeito ao que poderá ocorrer em relação ao teu pai – interveio Marcos. Entretanto, afirmo com plena convicção, que desempenharias um papel de suma importância em favor dos enfermos, restabelecendo a alegria com a música que dominas com maestria, e, acima de tudo, aconselho-te a permanecer aqui, para que esses ferimentos em teus lábios possam receber os devidos cuidados.

– Sinto que meu dever seja aceitar a generosa dádiva que se me apresenta, já que o desterro não oferece outra escolha. Todavia, receio que o clima emocional que me envolve me impeça de servir a contento os nobres propósitos aqui abraçados.

– Acalma-te Jeziel – propôs Mariazinha. Não permitas que a dor se agigante. Marcos fará o curativo, para que, em seguida, possas repousar. Quanto à tua permanência aqui, decidirás o melhor, em hora oportuna.

O ferido foi acompanhado por Marcos e Mariazinha até a enfermaria. Pensamentos turbilhonavam a mente de Jeziel. – Quem seria aquele tribuno que falara com tamanha veemência e conhecimento a respeito de assuntos transcendentes? Quanto discernimento na palavra enfática, promovendo na assembleia uma nova disposição mental. Deveria radicar-se àquela casa de socorro?

Aquelas interrogações acompanharam Jeziel até as primeiras horas da madrugada, quando, final-

Juntos no Infinito

mente, o rapaz, vencido pelo sono, adormeceu.

De manhã, Antônio Castro, acompanhado por Fernando, seu mais perverso servidor, circundava o sítio de Guaraci com o intuito de encontrar o filho desaparecido. Na varanda, Mercedes providenciava a rega das samambaias pingentes da cobertura.

– Onde estão os teus pais? – perguntou Castro quase aos gritos, tomando de surpresa a bela Mercedes, que, após se refazer, respondeu atenciosa:

– Eles se encontram junto ao riacho, dando tratos ao plantio de arroz.

– Estão sozinhos?

– Devem estar acompanhados de dois ex-escravos.

– Ex-escravos? – insistiu Castro.

– Sim, trata-se de um casal de cativos, oriundos do sítio vizinho. Meu pai, após adquirir suas respectivas cartas de alforria, concedeu-lhes a liberdade.

– Mas como? E o que estão fazendo aqui?

– Resolveram ficar conosco, em razão da grande amizade que nos une.

– Amizade, essa é boa – comentou Castro com o capataz, que procurava dominar a inquietude do animal que estava sob a sua montaria. Por isso é que esses negros promovem levantes, insurgindo-se contra os seus senhores, desrespeitando a lei.

— Escuta menina, — tornou o homem. Estou à procura de meu filho que desapareceu desde a tarde de ontem, e presumo que se tenha ocultado nestas paragens.

— Nos últimos dias não tivemos contato com nenhum desconhecido nesta gleba.

— Não se trata de desconhecido, estou falando de Jeziel.

— Jeziel! Teu filho? — embaraçou-se Mercedes, dando guarida a mil pensamentos. Como poderia o jovem namorado ocultar-lhe, por tanto tempo, o laço de família que o prendia a Antônio Castro? E o suplício do escravo Ernesto, como se explicaria, presenciado por Jeziel?

— Responde-me sobre o seu paradeiro!

— Meu senhor — disse Mercedes com voz trêmula — já conta algum tempo que não o vemos, e a última vez que conversamos, ele nada me disse de sua pretensão em partir.

— Vamos embora Fernando, estamos perdendo muito tempo, mas não descansarei enquanto não encontrar o ingrato.

Partiram, deixando Mercedes triste, pensativa.

Distantes daquele local, Jaci e Guaraci voltavam-se para a ex-escrava que lhes apresentava uma bilha.

— Que beleza, Gerenciana! Dá gosto de beber água nesse cântaro.

— Eu mesma fiz sinhá, ostro dia tava maturano sob as necessidadi du "Nosso Novo Caminho" e resorvi ajudá.

— Bem lembrado, Gerenciana. Entregaremos a oferenda assim que visitarmos a casa de socorro.

— A propósito, estou ansioso para retornar àquele local, que me deixou profundas impressões – afirmou Guaraci.

— Querido, Mercedes não me tem falado em outro assunto; ainda hoje, ao despertar, abraçou-me carinhosa, manifestando o desejo de fazer tal visita.

— Poderemos reunir os objetos que amealhamos, a fim de levá-los brevemente ao templo. Na ocasião, Gerenciana e Bento nos farão companhia.

— Sunceis cairu du céu pra nóis, só num samo filiz di verdadi pur causa da farta du nosso fio qui foi vendidu pra ostro sinhô.

— Não fiques triste, Gerenciana – consolou Jaci. Chegará o dia em que terás novamente teu filho.

— Si os homi soubesse, sinhá, cumu u coração du nego sofri cuá separação da famia, num fazia tanta mardade cuá genti. U Beto faiz di conta que num é nada, mais suluça baixinho di noite, deixano u travissero tudu moiado, i quandu pregunto u qui tá assucedeno ele discunversa, dizeno que tá cum cisco no oio. Tá nada sinhá, é chorano que ele tá. Bento num recrama pra num aguça meu sofrê. Um dia, a sorti vai virá, quando o sinhô Jesus Cristo mi atendê, fazendu meu neguinho vortá. Vai sê um Deus nus acuda di tanta aligria nu peito, essa du coração instorá!

Jaci, impossibilitada de dizer uma única palavra, limitou-se a abraçar a negra Gerenciana que jazia em prantos.

Bento, o negro liberto, saindo da borda do riacho aproximou-se; olhos vivos e sorriso largo, calças com amarrilho de cipó na cintura e peito nu.

– Patrão – dirigindo-se a Guaraci – tem gente sondando a gleba e não dizem por que vieram.

– Devem ser curiosos ou caçadores. Não se preocupe Bento.

– Receio que a finalidade seja outra, pois um deles é o mercador Antônio Castro; esse homem, eu fiquei sabendo por informação de um cativo que está sob sua mercê, não perdoa quem se atreve a estender benefícios em favor dos escravos, alegando que tal procedimento é prejudicial à prática da austeridade, que, no seu entender, gera indisciplina.

Cinco dias após, na residência de Antônio Castro, Fernando aproximava-se da casa-grande, estugando o passo.

– Tenho notícias de seu filho, capitão. Ele foi visto nas imediações do Porto, adquirindo azeite e peixes que dariam para alimentar um batalhão.

– Qual a razão da compra e para onde o fujão se dirigiu?

– Fui informado que Jeziel se fazia acompanhar de dois esmoleiros daquela estranha seita que não possui sacerdotes.

– Ah, então o trânsfuga se bandeou para o lado dos bruxos? Que vergonha! Um Castro se misturando com vagabundos, em seu covil!

Os olhos de Antônio Castro dilataram-se de ódio, enquanto acentuado rubor tomou conta de suas faces. O tremor dos lábios sinalizava o estado colérico a que Castro se entregara.

– Todos eles não perderão por esperar; arrepender-se-ão de haver arrebanhado meu filho para a casa da desonra.

O capataz ouvia prazerosamente as promessas de vingança do mercador. Parecia alimentar-se das palavras sinistras, ameaçadoras do capitão.

– Fernando – ordenou Castro, prepara a carruagem e providencia cinco homens para esta noite, vamos visitar os feiticeiros.

– Irei também capitão? – indagou Fernando.

– Com toda a munição necessária – afirmou Castro, asperamente.

À tarde, no sítio de Guaraci, todos se empenhavam no preparo das oferendas que fariam em favor da casa de socorro.

Jaci, notando o comportamento introspectivo

de Mercedes, indagou:

– O que sucede minha filha? Ainda pela manhã demonstravas o desejo de visitar o templo, revelando intensa alegria nas palavras e agora que estamos prestes a realizar nosso intento, observo teu ânimo se esvaindo?!

Mercedes relatou o ocorrido naquela manhã, a inquirição de Antônio Castro acerca do paradeiro de Jeziel, e a revelação de sua paternidade, acrescentando:

– Receio, mamãe, que Jeziel, ocultando a verdade a respeito do laço familiar que o prende ao verdugo de escravos, tenha demonstrado uma faceta de seu caráter, que até então eu desconhecia.

– Minha filha, não tires tais conclusões antes de averiguares devidamente.

– E quanto ao escravo Ernesto, mamãe? Não teria sido vítima da mutilação com o assentimento de Jeziel?

– Aguardaremos minha filha, o tempo é o melhor esclarecedor.

– Está bem, mamãe, mas me sinto no dever de inquirir Ernesto a esse respeito; ninguém é mais indicado para me elucidar.

Apressem-se – alertou Guaraci. A viagem é longa e demandará, no mínimo, duas horas; não esqueçam os agasalhos, pois à noite tem esfriado em demasia.

E assim partiu a carruagem de Guaraci em

direção ao Porto, levando a esposa, a filha e os dois ex-escravos; esses não conseguiam disfarçar o misto de alegria e orgulho, em razão de estarem viajando ao lado de seus benfeitores.

Enquanto isso na casa de socorro...

Em uma das salas do templo, Marcos se fazia acompanhar de Jeziel durante o atendimento aos enfermos. O jovem cativara a amizade dos tarefeiros da casa, ganhando a admiração de todos, em razão da sua aplicação aos serviços em que era solicitado. Sua determinação em colaborar evidenciava-se. Quando o sol começava a se ocultar no horizonte, empunhava a pequena cítara, fazendo com que doces melodias invadissem o amplo salão, esparzindo-se pelos quartos dos albergados, estabelecendo-se, então, um clima de paz, de harmonia.

— Jeziel, tuas melodias — dizia Marcos, enquanto procedia à assepsia no local do corte cirúrgico, que amputara a perna de Ernesto — emanam de um coração extremamente apaixonado. Somente uma criatura voltada para o amor seria capaz de traduzir em notas musicais, com tanta fidelidade, esse sentimento. E sabedor de que essas canções nascem de tua alma, logo...

— Tens razão, Marcos — respondeu Jeziel com sinceridade. Meu coração há muito anseia merecer o amor de uma jovem por quem não hesitaria aceitar os mais dolorosos sacrifícios.

– Serei digno em saber de quem se trata? – arriscou Marcos meio constrangido.

– Sim, Marcos. É Mercedes, filha de Jaci.

Ernesto estremeceu no leito ao ouvir tal confissão. Intensa emoção o dominou.

Marcos e Jeziel prosseguiram o diálogo amistoso sem notarem o semblante contrafeito do escravo.

– Jeziel, eu sou obrigado a compreender a amplitude dessa paixão, pois Mercedes é um verdadeiro encanto, tanto no que concerne à beleza física, quanto nos dotes morais.

– Receio, no entanto, Marcos, não ter correspondido à altura dos elevados princípios de minha doce amada. Sempre envolvido pelas atribuições na área dos interesses imediatos, acabei desprezando valores muito importantes.

– Desconheço do que realmente se trata, no entanto, creio que sempre há tempo para uma reparação.

– Desejo mudar meu comportamento, que até agora foi pautado pela influência de meu pai.

Marcos ouvia atentamente os propósitos de Jeziel, quando começaram a chegar os primeiros visitantes ao templo.

– Com licença – entrou sorrindo, Mariazinha. Vim notificá-los de que acabam de chegar Guaraci, esposa, filha e dois acompanhantes.

Jeziel empalideceu. Com o coração precípite aguardava há muito aquele momento. Ernesto, por sua vez, limitou-se a olhar, de soslaio, perscrutando as emoções do jovem.

– Mariazinha, por favor, convide-os, para que se aproximem, enquanto termino este curativo – solicitou Marcos.

– Está bem – aquiesceu Mariazinha, afastando-se em direção ao salão.

Bento e Gerenciana, distanciando-se dos demais, olhavam tudo com satisfação e curiosidade – observando os primeiros enfermos que eram colocados no imenso salão.

– Eis aqui os nossos amigos! – retornou, dizendo Mariazinha.

Parte do pequeno grupo, após os cumprimentos e manifestações mútuas de amizade, prosseguiu em animada conversa, enquanto Jeziel e Mercedes fitavam-se cismadores. Ernesto não perdia um só movimento do jovem casal. Em dado momento, Mercedes tomou a dianteira.

– E então Jeziel? Resolveste tomar esta casa por nova morada, ou te encontras aqui com a finalidade de tratar esse ferimento que vejo em teus lábios!

– Minha estada neste local é temporária, mas tenho aproveitado o ensejo para receber os cuidados necessários.

– Como ocorreu o acidente?

– Foi obra de um desentendimento.

– Com quem? – insistiu Mercedes.

Jeziel hesitou por alguns instantes, refletindo acerca das revelações que se obrigaria a fazer, declinando a verdade, mas, tomando-se de coragem, respondeu:

– Com meu pai. Ultimamente não temos vivido em bom acordo, fato que precipitou minha decisão de deixar o sítio.

Jeziel temia que Mercedes viesse interrogá-lo quanto à identidade de seu genitor.

– Teu pai esteve em nosso sítio, à tua procura. Já o conhecíamos desde o episódio em que Ernesto conseguira evadir-se. Lamento Jeziel, que, após eu haver narrado para ti as situações dolorosas por que passou o fugitivo, mesmo assim, não te dignaste a declarar tua filiação com Antônio Castro.

As palavras de Mercedes, isentas de quaisquer remoques e de qualquer ofensa, deixavam transparecer amargura e desilusão. À medida que as frases fluíam dos lábios da moça, o coração de Jeziel tornava-se mais opresso.

Ernesto prendia a respiração com o intuito de melhor ouvir o diálogo que mais parecia confissões em sussurros. Ouvia e se deleitava, esforçando-se para ocultar o sorriso de satisfação. Pensava ele em seu ciúme doentio: – Tudo eu farei para afastar ainda mais o atrevido.

Jeziel desejava explicar-se, entretanto, cabisbaixo, pensativo, sem encontrar nenhum argumento que pudesse redimi-lo limitou-se a permanecer calado.

O silêncio que se fizera entre o jovem casal foi interrompido por um cooperador da casa.

– Jeziel, entrou dizendo Arsênio, um senhor te aguarda no salão e solicita urgência no atendimento.

– Obrigado, amigo, irei imediatamente – disse Jeziel sem desviar o olhar de Mercedes.

Após o afastamento do rapaz Mercedes aproximou-se do leito de Ernesto, dirigindo-lhe carinhosas palavras.

– E, então. Como estás passando, bom amigo?

– Estou bem Mercedes, só um pouco receoso.

– Qual o motivo do receio?

– Minha recuperação será minha desdita!

– Como, assim, Ernesto?

O escravo fez um breve silêncio propositado e respondeu:

– Ausentando-me daqui desconheço o rumo que tomarei; se esmolar na praça a dor da humilhação me será grande. Se for reconduzido às terras de Antônio Castro, receio que Jeziel lá esteja.

– Por que tal preocupação? – perguntou Mercedes.

– Ele se aproveitava da ausência de Antônio

Castro para me açoitar; sofri as maiores torturas nas mãos de Jeziel, e não raramente fui castigado por tentar livrar as jovens escravas de suas práticas inconfessáveis.

Enquanto Mercedes ouvia, aterrorizada, aquelas maldosas acusações, Ernesto regozijava-se com o sucesso de suas calúnias.

– Mas, afinal, o teu principal opressor não foi Antônio Castro?

– Longe disso – exclamou Ernesto. Na verdade, Castro impediu que o filho me exterminasse no tronco, e, como se não bastassem os açoites, negava-me constantemente a ração em desobediência ao pai.

Mercedes, que tinha verdadeira aversão pela violência, ouvia aquelas revelações aterrorizada. Triste, pensativa, afastou-se do local, deixando Ernesto curtindo interiormente sua "grande vitória".

No salão, Guaraci, a esposa, Gerenciana e Bento auxiliavam na locomoção dos enfermos que estavam sendo colocados no templo, para participarem do momento de oração, enquanto Jeziel, rodeado por seis homens, argumentava:

– Será melhor para todos – o senhor cuida das terras, comanda e comercializa seus escravos, e eu realizar-me-ei em novas tarefas.

– Filho ingrato! Supões que teu pai conseguirá sozinho levar avante tamanho empreendimento? – retrucou Antônio Castro.

Juntos no Infinito

– Meus planos são outros – disse com segurança Jeziel.

– Quais são os teus planos? Viver entre leprosos, vagabundos e feiticeiros, como os nauseabundos desta casa? Castro falou aos gritos, que ecoaram no salão, chamando a atenção de todos.

– O que está ocorrendo? – aproximou-se, perguntando, o tribuno Evaristo.

– Não lhe interessa! – respondeu bruscamente o mercador de escravos.

Evaristo olhou calmamente para o interlocutor, considerando:

– Senhor, aqui nós lutamos para a implantação da paz nos corações, e quando qualquer acontecimento menos digno transmite mal-estar para este ambiente isto nos preocupa!

– Vá para o inferno! Seu bruxo de uma figa! Não tenho tempo a perder com ladainhas. Quero levar meu filho pra casa! – gritou Castro, encolerizado.

– Pelo que estamos presenciando, senhor – falou Evaristo pausadamente – a recusa de Jeziel em retornar a casa parece irreversível, tal a determinação com que rejeita o que propõe. Entretanto, quem sabe, um dia, quando os ânimos se acalmarem e o amor vencer as barreiras colocadas.

Castro ficou ouvindo. Depois de mandar Evaristo para o inferno, esperava o revide, mas o que recebeu em troca foi exatamente o oposto. Passou a mão no rosto suarento, voltou-se para Jeziel apontando-lhe o indicador, e falou em altos brados:

— Vou deserdá-lo! Dizendo isso, fez um gesto para os seus homens e retirou-se.

No salão era colocado o último enfermo albergado. Gerenciana, com os olhos de espanto, observou firmemente a figura de Ernesto estirado no leito e disse:

— Lovado seja nosso sinhô Jesus Cristo! Vem aqui Bento, achamu nosso fio!

Surpresos, Mercedes e seus pais acorreram ao local para presenciarem Gerenciana, aos soluços, abraçada ao filho.

— O qui fizeru pra suncê, mei fio, rancaru sua perna, pru quê?

Bento, ao lado da ex-escrava e do filho, chorava convulsivamente. Tanto tempo de espera e agora encontravam Ernesto mutilado, por quê? Perguntava-se: — Será que o seu menino mereceria tamanho castigo? O que fizera ele, tão jovem ainda, no início da existência, para assumir tal prova?

Jeziel, consternado, observava à meia distância o drama da pequena família de escravos. Como fora indiferente, ao ponto de permitir que pessoas humildes enveredassem pela trilha do sofrimento preparada por seu pai! Até quando a saga criminosa de Antônio Castro permaneceria impune?

Bento, ainda trêmulo, voltou-se para Guaraci:

— Meu senhor, no caso de meu Ernesto se encontrar em condições de deixar esta casa e tratamento, poderemos levá-lo conosco?

— A sua transferência para junto de nós nos proporcionaria grande alegria, mas, devo alertar que a "Carta de Poder" ainda pertence ao mercador. Porém, Bento, prometo que envidarei esforços no sentido de comprar a libertação de teu filho!

— Intão num pudemu leva nosso fio, sinhô? — perguntou Gerenciana, que ouvira parte da conversa.

— Receio que não Gerenciana — respondeu Guaraci, afagando os cabelos encarapinhados da ex--escrava, mas lutaremos para te devolver essa alegria.

Gerenciana permaneceu abraçada a Ernesto, durante todo o tempo da oração. Marcos e Mariazinha, lado a lado, faziam promessas, juras silenciosas de amor eterno, e Mercedes já não procurava, com os olhos, Jeziel, que por sua vez recolhera-se a um canto, junto à parede inferior da tribuna.

No caminho de retorno, a pequena carruagem transportava o grupo que permanecia calado quase todo o percurso.

A *permuta*

O sítio de Guaraci amanhecera ensolarado; sobre o promontório deitavam-se raras nuvens platinadas. O Tejo descia manso, irrigando a orla, e a pastagem, exuberante, mostrava, saudável, o orvalho cristalino. No amplo terraço, o café da manhã era servido por Mercedes.

– Estou ansiosa para ver o Ernesto em liberdade! – exclamou Jaci.

– Nós também, querida – anuiu Guaraci. Esse desejo tirou-me o sono essa noite. O que mais me preocupa é a inclinação de Antônio Castro para a maldade. Sabemos que, para ele, a venda de um escravo não passa de um mero ato comercial, mas, quando se trata de uma concessão dessa ordem, tenho minhas dúvidas a esse respeito.

– Papai, o estado de melancolia em que se encontram Gerenciana e Bento não permite uma longa espera; urge que o senhor se entenda com o mercador – salientou Mercedes.

– Eu concordo minha filha. Bento e Gerenciana conhecem o sítio de Antônio Castro, portanto me levarão até ele. Sairemos, em seguida, e espero ainda hoje ter solucionado a questão.

Cerca de duas horas depois, em frente à propriedade de Castro.

– Que desejam? – perguntou um homem, junto à porteira.

– Queremos falar com o proprietário – disse Guaraci.

– Estou aqui, e vão dizendo logo o que desejam! Nesse momento apareceu o mercador, pisando firme.

– Este casal – explicou Guaraci, mencionando os acompanhantes – eles são os pais do escravo Ernesto e manifestam o desejo de adquirir sua liberdade!

– Ah, entendo! – exclamou Castro, mordendo o lábio superior.

– Sinhô, faiz essa caridade! – interveio, suplicando, Gerenciana.

Depois de retirar o chapéu, Castro coçou a cabeça, deixou transparecer um sorriso malicioso e falou:

– Quem permitirá essa negociação é meu filho Jeziel; sem ouvir sua opinião nada poderei decidir.

– E quando o senhor o consultará? – perguntou mais esperançoso Guaraci.

Juntos no Infinito

— Poderemos consultá-lo hoje mesmo. Esperem-me na casa dos bruxos que lá estarei para a negociação.

E assim foi feito. Em pouco tempo, os três amigos adentraram ao templo, para conversarem com Jeziel.

— Guaraci, que surpresa a essas horas?!

— Sim, amigo, estivemos com teu pai e ele alegou que liberará a carta de Ernesto somente com tua anuência.

— Então, se é assim podem considerar o rapaz liberado.

A alegria estampou-se nos semblantes dos três amigos. Conversaram animadamente, até que Castro chegou, cumprindo o prometido.

— E então, Jeziel, colocaram-lhe a par do ocorrido? — perguntou de pronto o mercador.

— Sim, papai, e não vejo por que eu deva impedir a soltura ou a transação de Ernesto!

— Espera um pouco! Talvez desconheças um detalhe do negócio!

Os quatro entreolharam-se com expectativa dolorosa. Castro explicou-se:

— Estou falando de uma troca; retornas para casa, e eu libero o escravo; do contrário, nada feito!

Notando a acentuada lividez na face de Jeziel, Guaraci interveio:

– Senhor, o que estou lhe propondo é uma negociação usual, isto é, de acordo com os costumes atuais, eu lhe ofereço ouro e o senhor me concede o direito à carta de alforria do cativo.

– Eu possuo a mercadoria e faço dela o que bem me aprouver. Se desejo efetuar esse tipo de permuta, não será o senhor, com a sua interferência inoportuna, que irá demover-me.

Bento e Gerencia miravam Jeziel com os olhos súplices. O casal de negros mais se assemelhava a alguém em agonia.

Castro não retrocedia em seu propósito e fazia questão de deixar bem esclarecido o que desejava.

– E tem mais – exigia o mercador com ares de rompante. Quero a palavra empenhada de Jeziel de que seu retorno ao lar se dará em caráter definitivo!

O moço achava-se acuado; se retornasse ao lar ficaria sujeito às ordens macabras de Castro; se optasse pela recusa deixaria aqueles sofridos corações ainda mais em pedaços. Refletia, também, acerca da opinião de Mercedes. Por certo, o desaprovaria, caso não se decidisse em favor da liberdade de Ernesto. Enquanto Guaraci, Castro e os dois ex-escravos permaneciam estáticos, em atitude de espera, Jeziel, voltando-se para a tribuna tinha a impressão de visualizar a figura de Evaristo, como naquela noite, dizendo: *As brasas de nossas algibeiras são o resultado do fogo que acendemos, portanto, cabe a nós o abrandar das chamas.*

Caminhou pelo corredor em passos lentos, entrando, em seguida, em seu quarto. Após breves instantes, retornou, empunhando a pequena cítara, fitou o mercador com olhar significativo e disse:

– Irei com o senhor, meu pai!

A decisão caiu como um verdadeiro bálsamo. Os dois ex-escravos se abraçaram entre lágrimas e sorrisos, mas foi Guaraci que, dirigindo-se a Jeziel, falou:

– Jovem amigo, esse gesto de nobreza é marca do teu caráter que jamais olvidarei. Espero um dia, Jeziel, poder retribuir esse favor, pelo qual tu acabas de devolver o gosto pela vida a essas duas criaturas! Limitando-se a responder com um ligeiro movimento de cabeça, Jeziel dirigiu-se para as outras dependências da casa, a fim de se despedir dos amigos que aprendera a amar em tão curto espaço de tempo. Informados por Arsênio, Evaristo, Marcos e Mariazinha foram ao encontro do ex-paciente que se transformara em dedicado colaborador.

– Estou-me despedindo de vocês – disse Jeziel com voz embargada. Confesso que já me decidira a permanecer nesta casa em definitivo, mas ocorreu o inesperado, obrigando-me à separação. Levarei comigo as mais ternas recordações e, acima de tudo, relevantes exemplos sobre a vida que transcende a esta que ora vivemos. Vou com o coração partido pela despedida, mas levo na minh'alma a certeza de que, nem o tempo, nem a distância conseguirão apagar esta amizade!

– Vai com Deus, amigo – disse Mariazinha, abraçando-se a Jeziel.

Marcos e Evaristo a acompanharam no gesto.

– Obrigado pelo carinho de todos – disse o jovem, virando-se rapidamente, para que não percebessem o seu pranto.

Marcos, sem encontrar palavras, limitou-se a olhar o amigo que se afastava. Após efetivar a transação, Guaraci retornou ao sítio levando consigo o casal de ex-escravos juntamente com Ernesto; este, convalescente ainda, receberia no próprio lar os derradeiros cuidados.

Jeziel, ao lado de Castro, permanecia mudo, prometendo a si mesmo visitar regularmente a casa de socorro.

Dois dias havia se passado após o retorno de Jeziel aos afazeres do sítio. Meditava ele acerca de um possível reencontro com Mercedes. Teria de achar uma forma; sabia que sua doce amada visitaria a casa de socorro, mas não seria viável abordá-la quando estivesse acompanhada de seus pais. Necessitava de um momento, a sós, para melhor expor seus sentimentos.

Desconhecendo o que realmente fora dito a seu respeito, Jeziel não avaliava o verdadeiro conceito que agora fazia Mercedes em relação à sua pessoa. Mesmo com a intercessão favorável de Guaraci a moça mantinha-se irredutível.

– Minha filha, o que presenciei no rapaz despertou em mim profunda admiração pelo seu caráter. Hoje em dia não encontramos com facilidade alguém que sacrifique a própria liberdade em favor da libertação de outrem.

— O senhor está enganado, papai — retrucou Mercedes. Existem fatos mais graves que desabonam Jeziel, e não merecem ser mencionados em razão do mal-estar que ocasionariam.

— Muito bem, respeito esse teu zelo, mas confesso que nada vi, até então, em Jeziel, que possa incriminá-lo.

— Eu gostaria papai — alegou Mercedes — de poder compartilhar dessa sua forma de pensar, em relação a Jeziel, todavia, o que sinto neste momento é uma grande decepção.

— Não te aborreças filha. Acredito que com o tempo tudo se modificará; isso porque conhecemos de sobejo os dotes positivos de tua alma. Portanto, a superação há de vir.

A noite descera sobre Alfama, ensejando movimento de transeuntes que buscavam em suas cantinas o vinho e as melodias. Ao sopro de vento calmo, Marcos e Maria passeavam pelas vielas, quando tiveram o interesse despertado por um canto de mulher que se fazia acompanhar de uma concertina.

— Vamo-nos aproximar — convidou o rapaz — essas músicas de origem francesa tocam-me de uma forma muito especial.

— Sim! — concordou a moça, deixando-se levar pelo braço do companheiro, entretanto, advertiu:

– Não podemos esquecer que os enfermos nos aguardam para os devidos cuidados.

– Somente ouviremos essa música, Mariazinha; ela representará para nós a singela homenagem ao amor que cultivamos.

– Se é assim Marcos, eu guardarei essa melodia como dádiva inesquecível!

Entre as mesas da pequena sala, casais bebericavam. Ao centro, postadas sobre o reservado circular, à guisa de picadeiro, uma dançarina distribuía flores com seu vime e a outra deliciava os frequentadores com sua voz de Verônica.

Assim que a música terminou, a cantora retirou duas flores do cesto e se dirigiu à porta da entrada, onde se encontravam Marcos e Mariazinha, ofertando-lhes gentilmente:

– Aceitem estas rosas – disse, fitando Marcos com especial atenção.

– Obrigado! – manifestaram-se em uníssono, declinando seus nomes em seguida.

– E qual o teu? – perguntou Marcos.

– Meu nome é Charlot – respondeu a cantora com sotaque francês.

– Resides aqui em Lisboa? – perguntou Mariazinha.

– Sim, e espero permanecer nesta cidade por

muito tempo. Estou maravilhada com seus encantos – disse a moça, insinuando-se para Marcos, e não resistindo a curiosidade indagou:

– E vocês, moram aqui neste bairro?

– Estamos alojados em uma casa de socorro, onde prestamos serviço – respondeu Marcos. Ela fica ao lado do Porto e denomina-se "Nosso Novo Caminho".

– Ah! Já ouvi referências a respeito dessa casa! É verdade que vocês fizeram um pacto com o diabo?

– É verdade! – adiantou-se Mariazinha sob o olhar de espanto de Marcos.

– Qual foi o pacto? – insistiu Charlot.

– Ele se converte para o Bem e nós paramos de aborrecê-lo! – respondeu graciosamente a jovem.

Ruborizada, Charlot aceitou as despedidas do casal que se retirou sem notar que, no canto da sala, ocultos por um cortinado, encontravam-se Antônio Castro e seu capataz, Fernando, ambos em adiantado estado de embriaguez.

– Charlot! – gritou Castro, em atitude desrespeitosa. Venha até aqui!

A jovem mulher atravessou a sala para atender ao chamado do homem que mal conseguia apoiar os braços sobre a mesa.

– O que eles queriam de você? – vociferou Castro.

— Nada Antônio. Somente dediquei-lhe mesuras, porque se tratava de um casal que nos visitou pela primeira vez.

— Tome cuidado! Eu conheço o bruxo e nada me custa para mandar aos infernos aqueles que me afrontam!

— Deixe de ciúmes, meu bem. Não o trocarei por nada deste mundo!

— Charlot sabia como arrefecer o gênio violento do mercador, que se desmanchou aos dengos da cantora.

Marcos e Mariazinha, ao chegarem à casa de socorro, foram recebidos por Arsênio que demonstrava visíveis sinais de inquietação.

— O que está acontecendo, Arsênio? – perguntou Mariazinha, ao ver o amigo esfregando as mãos nervosamente.

— Evaristo, meu Deus do céu!

— O que tem Evaristo?!

— Foi levado pelos soldados – esclareceu Arsênio com voz chorosa. Disseram os policiais que ele responderá pelos crimes de aliciamento e incitamento.

— Aliciamento e incitamento? – estranhou Mariazinha, ao que Arsênio respondeu:

— Segundo alertaram as autoridades, o alicia-

Juntos no Infinito

mento trata-se do recolhimento de Jeziel, tendo como reclamante o seu genitor, e o incitamento refere-se à pregação dos ideais de liberdade propalados nesta casa, que, segundo as autoridades, ocasionam levantes por parte dos escravos.

Arsênio, ainda trêmulo, prosseguiu no relato do ocorrido:

– Disseram que o nosso templo receberá constantes visitas para averiguações de possíveis irregularidades, e, como se não bastasse, após ser dada a voz de prisão a Evaristo, levaram-nos aos empurrões ao longo do corredor, deixando-nos apreensivos quanto ao seu destino.

Os três servidores entraram para os respectivos aposentos extremamente preocupados. Sabiam que a dificuldade daquele momento apenas prenunciava o advento de outras adversidades. Antônio Castro, homem afeito ao fornecimento de escravos para o Brasil, mantinha estreitas relações com o governo, pois no tumbeiro a seu serviço eram encontrados, invariavelmente, apetrechos de propriedade do Estado, destinados à Colônia.

Poderiam recorrer a Jeziel, contando com seu depoimento favorável a Evaristo junto às autoridades, entretanto, Castro jamais perdoaria o filho, se tal fato ocorresse.

Os soldados, cumprindo ordens superiores, atiraram Evaristo ao catre, de cujas paredes afloravam pequenas vertentes d'água. O postigo, no centro da porta do calabouço, servia como abertura, propiciando ao tribuno a visão dos que transitavam pelo corredor. Mulheres do conventilho, entre gritos e estertorantes gargalhadas, eram conduzidas às celas vizinhas. No entanto, as agitações foram-se tornando mais espaçadas até que os presos adormeceram sob os efeitos do vinho e do cansaço.

A madrugada acenou com o seu clarão, lançando uma réstia de luz sobre a fronte de Evaristo que "sonhava". O enclausurado via-se transpondo a porta do cárcere, elevando-se à altura das quatro guaritas dispostas no cimo da torre de Belém, revoando nas imediações da desembocadura do Tejo, para, em seguida, na área do Porto, adentrar à casa de socorro, repetindo a visita aos enfermos, tal qual o fazia em estado de vigília. Encaminhou-se até os aposentos de Marcos. O enfermeiro recebeu o visitante com um sorriso de surpresa. Abraçaram-se afetuosamente e trocaram impressões acerca das maravilhas que estavam ocorrendo, naquele momento. Evaristo sentia a imponderabilidade de seu corpo, que, etéreo como uma pluma, alçava-se às alturas de acordo com a manifestação do próprio pensamento. Um tênue cordel de substância luminosa acompanhava-lhe os movimentos. Conversavam, e suas vozes ecoavam no corredor, chamando a atenção de Mariazinha.

– Que visita agradável! – exclamou a jovem, abrindo os braços.

Juntos no Infinito

– Sinto-me encarcerado pelos homens e liberto pelo Cristo; tal concessão divina é a prova insofismável de que nada consegue separar o que o amor ajuntou.

Marcos ensaiou uma pergunta, mas foi interrompido por Evaristo:

– Pressinto movimentação na antecâmara do cárcere e terei de retornar. Confiem na Providência Divina e levem avante os sagrados ideais do Cristo. Até breve, irmãos!

No presídio, diversas celas foram abertas para soltura dos ébrios e notívagos que haviam promovido algazarras. O ranger das portas acordaram o tribuno. Embora desperto, em meio ao vozerio e passadas barulhentas, sentia-se enlevado por suaves carícias "inexplicáveis". Sentado sobre a laje fria, que lhe servira de leito, viu, através do postigo, as figuras de um soldado e a de Antônio Castro, que falava ainda sob os efeitos da bebida:

– Só quero lhe desejar boas-vindas e permanência duradoura!

Segurando-se nas barras laterais da pequena abertura, Castro colocou o vermelho nariz à frente, dizendo em tom de escárnio:

– E, então, bruxo desprezível, finalmente a sorte está selada; prega-se a liberdade dos negros e prendem-se os pregadores. O que você tem para me dizer a esse respeito? Diga-me seu cão covarde!

Ainda sentado sobre a laje, Evaristo ergueu o olhar em direção ao ofensor e respondeu calmamente:

— Se é verdade que, se fazendo a apologia ao amor e à liberdade na obediência às sublimes determinações do Cristo, se mereça, no entender dos homens, o encarceramento e o nome de covarde, ainda eu prefiro carpir as amarguras desses castigos a abjurar os preceitos que apreendi.

Diante da resposta, Castro, sentindo-se inferiorizado, deu um passo atrás e lançou uma cusparada no interior da cela, com o objetivo de alcançar o tribuno.

— Vamos embora! — disse tomado de cólera, dirigindo-se ao soldado. Vou solicitar às autoridades que aumentem a pena do vagabundo.

Na casa de socorro, Mariazinha saía como o fazia todas as manhãs, para vender artesanatos no mercado livre. Marcos e Arsênio cuidavam dos enfermos. Duas mulheres, agradecidas pelos cuidados, naquele momento se empenhavam na cozinha.

— Procuremo-nos apressar, Catarina! — dizia Eleutéria, a mais idosa — pois com a ausência do mestre Evaristo, Arsênio foi deslocado para outros afazeres junto a Marcos, cabendo a nós duas o acúmulo de novas tarefas.

— Estou disposta a me dedicar ao trabalho dia

Juntos no Infinito

e noite, se for preciso – ajuntou Catarina; as bênçãos que esta casa me proporciona são tesouros inestimáveis! Aqui, a mulher libertina de outrora encontrou abençoado refúgio. Não recebi somente deste santuário as abluções que me lavaram a epiderme ulcerosa, mas, sobretudo, o amor do Cristo que, em um momento crítico de minha vida mundana, estendeu-se a chave da redenção, libertando-me de uma vez por todas da clausura infame de um lupanar.

– Catarina, irmã querida – disse carinhosamente Eleutéria – gostaria que todas as criaturas entregues aos desvarios da carne, as quais por isso amargam as dores morais, pudessem libertar-se como o fizeste, em tempo, antes que a solidão e o abandono se estabelecessem. Elas, infelizmente, agem como as gaivotas sedentas de calor, as quais migram e migram, acabando por pousarem na geleira. Eleutéria, inexplicavelmente, começou a chorar.

– Por que choras tanto, Eleutéria?

– Por minha filha, Andréia. Iludiu-se nos braços de um jovem nobre, deixando esposo e filhas, e, em seguida, relegada ao abandono, entregou-se ao infortúnio das tabernas!

– E teus netos? – inquiriu Catarina – por que não os recolheste?

– Meu genro, ferido em seus brios, em virtude de tamanha desonra, tomou o rumo de Sezimbra, onde reside com as crianças.

Nesse momento, Catarina apressou-se em atender a porta. Tratava-se de garbosa mulher de olhos negros, lábios de carmim, tendo nas faces róseas o encanto de menina-moça.

– Que desejas? – perguntou Catarina, lhe admirando a invulgar beleza.

– Marcos está?

– Está!

– Deseja falar-lhe.

– Sim! Entra, por favor, e aguarda no salão, um momento.

Catarina, após certificar Marcos acerca da moça que o esperava, retornou aos seus afazeres. O enfermeiro demorou-se alguns instantes. Quando entrou no salão exclamou surpreso:

– Charlot! A que devemos o prazer de tão encantadora visita?

– Desejei ver-te e aqui estou – disse a cantora, ao aproximar-se um tanto mais. Prometi a mim mesma retribuir a visita que me deixou muito honrada. E, a propósito, onde está a jovem que te acompanhava?

– Mariazinha encontra-se no mercado livre, a serviço de nossa instituição.

– Melhor assim – replicou Charlot com um leve sorriso de malícia – pois poderemos conversar em particular sem constrangimentos.

– Pois não! Fica à vontade – aquiesceu Marcos,

Juntos no Infinito

ao indicar a cadeira próxima.

– O que tenho a te revelar é algo de muito especial para mim e de foro íntimo, portanto, espero que compreendas e não interpretes como atrevimento esta declaração.

– Marcos já não conseguia ocultar o seu desconcerto; suas faces ardiam e podia imaginar o rubor que se acentuava, ao contrário da jovem que se explicava com desenvoltura e domínio da situação.

– Naquela noite – prosseguiu Charlot – em que te vi defronte à casa de espetáculos, apossou-se de mim estranha sensação, como até então eu nunca houvera experimentado. Nos primeiros momentos, ocorreu-me a vaga impressão de estar visualizando alguém já conhecido, isto é, de minhas relações amistosas no que concerne ao dia a dia, mas, à medida que os minutos iam passando, algo se evidenciava com nitidez espantosa. Foi como se me revelassem ocorrências de outras Eras, onde se estabelecera entre mim e ti importante elo afetivo!...

A jovem fez breve pausa e mirou o enfermeiro, tentando ler em seus olhos os efeitos de tais confissões. Marcos encontrava-se estupefato. As sensações experimentadas por ele na ocasião não eram outras. Mas tentou amenizar o grande sentido de intimidade que Charlot dera em sua exposição.

– Evaristo, o nosso tribuno, esclareceu-me, certa vez, que os verdadeiros amigos, por mais distantes que estejam um do outro, por certo se reencontrarão um dia...

– A nossa amizade, Marcos – replicou a mulher – não se limitou a simples manifestações de convívio de ordem social, mas se demorou nos sagrados laços do passado.

Embora Marcos se sentisse ligado a Mariazinha por um verdadeiro amor, não permanecia alheio aos encantos e insinuações da atraente mulher. Charlot, aproveitando-se do silêncio do interlocutor, voltou a argumentar:

– Marcos, se este nosso reencontro não me tivesse tirando o sono, deixando-me entregue às inquietações, simplesmente as ignoraria como o vento que passa. No entanto, o que se deu se assemelha ao furor de uma tempestade que não se afastou antes de deixar os sinais de sua presença. E, entende, meu querido, que não é fácil para mim, na condição de mulher, expor o que me vai n'alma, mas também não será justo sufocar os anseios que me tomam e confesso que, se estes sentimentos forem recíprocos, sentir-me-ei a mais feliz das mulheres.

A declaração da artista atingiu "em cheio" o jovem enfermeiro que, lisonjeado, explicou-se:

– A sinceridade me obriga a confessar a irresistível influência que os teus encantos exercem sobre mim, entretanto, já conta algum tempo que entreguei meu coração àquela jovem que conheceste. Mariazinha, ao longo dos dias, tem comprovado sua lealdade em relação ao nosso sentimento.

Ao ouvir o nome da rival, declinado com tanto carinho, Charlot replicou nervosamente:

– O simples fato de alguém nos oferecer lealdade não lhe confere o direito ao nosso amor.

– Concordo – respondeu Marcos – mas esse é apenas um dos atributos de minha noiva, não me cabendo discorrer acerca dos demais diante de uma dama, sem o risco de ferir suscetibilidades.

A resposta do enfermeiro fluiu isenta de qualquer intenção de magoar a bela mulher, mas penetrou silenciosa como um punhal; Charlot conteve-se, meditou por alguns instantes e considerou:

– Sou paciente, Marcos, e saberei esperar-te!

A bela mulher se foi, deixando Marcos pensativo. O fascínio e o perfume de Charlot chegaram a inebriá-lo.

Depois de passar a destra pela fronte, Marcos, na tentativa de expulsar os pensamentos que o envolviam, foi ao encontro de Arsênio, para que juntos retomassem a tarefa interrompida.

– Está passando bem, Marcos? – interrogou o auxiliar, preocupado.

– Sim, Arsênio, somente uma ligeira indisposição. Acredito que o trabalho me fará bem, assim como a tua companhia, querido amigo.

— Cerca de duas horas após, no mercado livre...

— Prazer em revê-la Mariazinha.

— Igualmente! A que devo a honra, Charlot? — prontificou-se a vendedora.

— Estive visitando o templo e solicitei a Marcos informações a respeito do seu paradeiro.

— Ah! Estou grata pela deferência! E quanto ao andamento de nossa casa de socorro, tu a encontraste dentro da normalidade?

— Perfeitamente — respondeu a cantora. E o que me deixou deveras impressionada foi a cordialidade com que Marcos me envolveu.

— Marcos é muito atencioso — concordou Mariazinha.

— Não somente atencioso, mas também muito voluntarioso — murmurou Charlot em tom de malícia.

— Como assim? — estranhou a jovem.

— Acredita Mariazinha — dizia a cantora disfarçando os reais propósitos — mal adentrei ao templo e Marcos se acercou de mim com lisonjas, fazendo-me a corte, insistindo em dizer que meus dotes físicos eram irresistíveis. Não os repeli, em virtude da maneira cavalheiresca com que se declarou!

Mariazinha não ousou manifestar-se. Limitou-se a permanecer com a fronte parcialmente pendida, como se estivesse observando os objetos ali expostos.

Charlot, ao notar que houvera conseguido o que pretendia, alongou-se um pouco mais nas vagas considerações e despediu-se.

No caminho, quando retornava à casa de socorro, Mariazinha encontrou Jeziel fazendo compras na Praça do Rocio.

– Como tens passado bom amigo?

– Vou vivendo, Mariazinha. Estou procurando me ambientar à nova situação, o que não tem sido fácil.

– Conseguirás superar essa fase de readaptação – augurou a vendedora.

– O que me tem alentado são as orientações recebidas na casa de socorro. Joias que jamais olvidarei. Dei entrada naquele templo, Mariazinha, andando com os meus próprios pés, no entanto, minh'alma rastejava; outros enfermos, denotando maiores gravidades, por certo, muitos deles, embora agonizantes, não carregavam o inferno causticante das dores morais semelhantes às que me torturavam. Hoje sofro, sem, no entanto, promover o sofrimento alheio.

– Percebo em teus olhos, Jeziel – observou a jovem – uma grande diferença em relação aos tempos idos.

– Estou saudoso daqueles momentos que, ao lado de Marcos, auxiliava-o na prática de socorro aos infelizes. No templo, aquela multidão, olhares ávidos de conhecimento dilatavam-se ansiosos ante as revelações expostas, deixando transparecer aos mais atentos que se tratava de uma grande família reunida, recordando antigos preceitos.

– Interpretaste com fidelidade o que geralmente ocorre querido amigo. Os afins se atraem, reunindo forças. Quando determinado número de criaturas converge para um local, mesmo advindo de diferentes plagas, com os sagrados propósitos de esposar os ideais de Cristo, ali se encontra uma família que se formou ao longo dos séculos.

– Visitarei o templo esta noite, estou ansioso para rever Evaristo – disse Jeziel, ignorando o sucedido com o tribuno.

A jovem respirou fundo, apoiou a destra sobre o ombro do amigo e informou:

– Evaristo foi preso...

– Como! O que me dizes?

– Sim, Jeziel, os soldados do governo o levaram, alegando que determinadas leis foram infringidas, mas – continuou Mariazinha, tentando acalmá-lo – temos esperança de que o retorno do nosso irmão se dê em breve.

– Para onde foi levado?

– Para Sezimbra.

O sol do meio-dia, invadindo a Praça do Rocio, debruçou-se ardentemente sobre os dois jovens, que lamentavam a sorte do bondoso tribuno.

No sítio de Guaraci...

Tendo um forcado como apoio, Ernesto ensaiava a caminhada ao lado de Mercedes, por entre as oliveiras. Bento e Gerenciana cortavam lenha para o lume do fogão.

– Tens notado Gerenciana – perguntou Bento – como o nosso filho se afeiçoou à menina Mercedes?

– Si tenho cumpanhero – confirmou Gerenciana com preocupação. I to veno qui u exagero tá assucedeno, precebo nus óio du Ernesto um brio di cão nu cio, u qui num faiz bem prum iscravo.

– Não somos mais escravos Gerenciana, procura não esquecer.

– Mais somo preto ainda. I a sinhazinha é arva cumu u copo di leite!

– Isso eu reconheço, minha negra, mas não acredito que o nosso Ernesto iria se atrever.

– Bota ciença nu qui vô ti falá. Tudu minino na idadi dele, sonha em sê reprodutô, i a mão di atrividu num iscolhi ganela!

Gerenciana conhecia os pendores do filho e remoía preocupações atinentes àquela amizade, procurando sempre vigiá-lo de perto, receando que os estimados benfeitores fossem magoados.

Caminhando, vagarosamente, para que Ernesto a acompanhasse, Mercedes reparava nos pequenos pássaros retirando o néctar das flores, e, cada detalhe da jornada, lembrava-lhe Jeziel. Sem conseguir desvencilhar-se das fortes recordações, seu coração de mulher batia em descompasso.

Ainda que lutasse contra aquele sentimento, não raramente se sentia impelida a visitar a orla do Tejo. Até então resistira, mas até quando suportaria as sugestões do coração saudoso?

Ernesto, lhe percebendo as inquietações íntimas, tudo fazia para retirá-la da introspecção, desviando-lhe os pensamentos.

– Mercedes! Vê que belo pássaro!

– Sim! Trata-se de uma ave muito especial; seu canto prolongado parece dizer poemas, possui o trinado intermitente e pode ser ouvida a distância.

Prevendo que o assunto pudesse levá-la a se lembrar de Jeziel, o ex-escravo desconversou, passando a reclamar do forcado em que se apoiava.

O sol já se despedia quando avistaram Anacleto que colhia frutos para serem comercializados na cidade.

– Boa tarde Anacleto – cumprimentou-o Mercedes.

Ao retribuir a saudação, o rapaz adiantou-se, depositando nas mãos da jovem um envelope.

– Recebi a incumbência de te entregar esta missiva, ainda hoje, explicou-se o jovem. O remetente encontrava-se na Praça do Rocio. Embora não o reconhecesse, disse que, por diversas vezes, notou-me tomando esta direção.

Ao agradecer, Mercedes colocou o pequeno envelope no bolso da blusa, deixando Ernesto curioso.

— Não vais ler? — perguntou.

— Quando estiver em casa! — respondeu a moça, com voz trêmula.

— E se o remetente estiver aguardando uma resposta imediata? — insistiu Ernesto.

— É verdade! — concordou.

Sem conseguir ocultar a ansiedade, Mercedes abriu o envelope e iniciou a leitura silenciosamente:

Querida Mercedes:

Deus e a orla do Tejo são testemunhas de quanto tenho sonhado com o nosso reencontro. Durante esses devaneios, é nítida a impressão de que os próprios movimentos da natureza são em favor do teu retorno.

Outrora lépido e caudaloso, o Tejo caminha, hoje lento e triste, parecendo buscar o fim da existência, lançando-se ao mar!

A cítara, também, sentindo os efeitos da tua ausência, agarrou-se ao meu peito, recusando-se a cantar...

Meu amor, ajuda-me a restabelecer o antigo cenário, ofertando ao ambiente as alegrias de tua presença.

Enquanto tal não ocorrer permanecerei aguardando com o coração repleto de esperança, a volta da felicidade!

Jeziel

Era com grande dificuldade que Mercedes conseguia segurar a carta entre as mãos. O tremor, a dúvida e a lividez fizeram com que Ernesto se apercebesse de quem procedia tal mensagem.

O ex-escravo, apoiando-se com mais firmeza no forcado, indagou colérico:

— Do que se trata?

— É Jeziel, propondo-me o reatamento de nossa antiga amizade — respondeu a jovem em monossílabos.

O suor minava das têmporas de Ernesto que, com os olhos arregalados, olvidando a própria condição de favorecido, vociferava à larga:

— Recusa o convite e manda o imbecil para os infernos!

— Acalma-te, Ernesto — obtemperou Mercedes. Terei de meditar muito a respeito do assunto, antes de me manifestar.

— Como posso ficar calmo, diante de tamanha petulância?

Transtornado pelo ódio, o ex-escravo não sentiu a aproximação de Guaraci.

Juntos no Infinito

– O que se passa minha filha?

– Nada de grave, papai. Acabo de receber esta carta enviada por Jeziel, e Ernesto, com o intuito de preservar-me, manifestou a sua repulsa.

Aquiescendo ao convite da filha Guaraci leu a missiva com atenção e, após breve raciocínio, ponderou:

– Meu conselho é que procures analisar com carinho essa proposta, embora deva reiterar meu voto de confiança em favor de Jeziel.

Ouvindo a argumentação de Guaraci o liberto tomou o forcado, deu meia-volta e retirou-se, murmurando impropérios.

Pai e filha se limitaram a observar o afastamento repentino do ex-escravo. Algo de muito estranho estaria ocorrendo no íntimo do rapaz. Sabiam-lhe as tendências de ajuizar as pessoas com reproche, entretanto, a fúria com que se havia atirado contra Jeziel escapava-lhe ao entendimento.

Entregando-se às reflexões, com o fim de tentar identificar as razões do agressivo comportamento, o semblante de Guaraci contraiu-se, despertando preocupação em Mercedes.

– Está contrafeito, papai?

– Sim, minha filha! Estranhei a reação de Ernesto, em relação à carta que recebeste. Nunca o vi manifestar-se de maneira tão odienta!

– Ernesto nutre afeição muito grande por mim, mas os seus repentes de violência originam-se da revolta atinente à própria condição de ex-escravo. Creio, também, que a amputação da perna deixou-lhe mágoas profundas, lhe alterando a personalidade.

Guaraci ouviu atentamente as exposições judiciosas em favor do ex-cativo. Após refletir muito acerca do assunto enlaçou a filha, para que o acompanhasse em direção à casa-grande, e falou sério:

– Minha filha, hoje Ernesto sabe, tanto quanto nós, que a dor aparentemente adversa é sagrada moeda que ressarce e tem por objetivo o aprimoramento.

– Será que esses conhecimentos foram amealhados pelo nosso amigo?

– Que os possui, tenho certeza. O período em que ficou albergado no templo permitiu-lhe amealhar conhecimento no que concerne à Lei de Resgate...

Após alguns segundos em que permaneceu calado, analisando o que havia dito, Guaraci prosseguiu:

– Mas, entre o saber e o aplicar pode existir considerável distância para determinadas criaturas, e, para que não venhamos a lamentar os efeitos desse comportamento urge que o despertemos, alertando-o acerca das dolorosas consequências.

– No caso, o que me cabe, papai?

– Procura não aceitar os rasgos de autopiedade, tampouco os deslizes de revolta a que Ernesto comumente se entrega, pois todo o ser humano que se

Juntos no Infinito

compraz na exibição da própria dor, menosprezando sublimes oportunidades, exercitará as lágrimas, paralisando as mãos. E quanto à revolta, conhecemos-lhe os perniciosos efeitos, sendo que, aqueles que se sublevam em gritos altissonantes, reclamando direitos imaginários, geralmente não se dão conta das bênçeos que já chegaram.

— Diante desses preceitos, tão sabiamente expostos, meu pai, eu fico a meditar acerca de quanto ainda o mundo terá de apreender para adquirir uma centelha de claridade. O número de criaturas ainda distantes de aprendizado elementar nos assusta.

— Entretanto, querida, a voz de Cristo já ecoou nos escaninhos mais recônditos da Terra, sugerindo a verdade. E os ouvidos que se fizeram moucos aos sublimes convites foram substituídos pelas dores sentidas de um coração. Mesmo esses que carregam o sofrimento e lhe malsinam a importância têm gravado na câmara do subconsciente, ou no imo do Eu imperecível, a certeza da existência de uma vida melhor.

— Por que, então, meu pai, embora possuidores de semelhantes informações, ainda nós nos demoramos na guerra egoística, e o pavor da morte nos assola?

— Isto porque ainda não nos dispusemos a lutar pelos verdadeiros valores e gastamos o tempo na busca do transitório. Um exemplo dessa realidade é a História do Náufrago que, preocupado em salvar um pão, acabou por sucumbir em pleno oceano por esquecer os cuidados relativos à respiração.

E assim, pai e filha, como dois velhos amigos, entraram na residência, onde Jaci os aguardava para o jantar.

As tochas, ladeando os corredores do presídio, anunciavam o cair da noite sobre Sezimbra. O tribuno, aproveitando os reduzidos lampejos que caíam sobre o catre, consultava os pergaminhos.

Sua mente revezava-se entre a leitura e a visita ao templo; para ele, esses dois fatores interligavamse. Se a consulta lhe enriquecia os conhecimentos, o templo, por sua vez, apresentava-se como importante oficina de trabalho, onde enfermos de todos os matizes recebiam o seu auxílio.

Foi no instante em que o pensamento voejava no interior da casa de socorro, que o carcereiro anunciou autoritário:

— Prepare-se para prestar depoimento ao comandante!

Com os braços acorrentados às costas, Evaristo foi conduzido por dois soldados. Durante o percurso da galeria volvia o olhar para os delinquentes que, agarrados nas barras de ferro, gritavam:

— Evaristo, pede ao teu Deus que nos ajude!

Entre gargalhadas, ironizava outro:

— Nem ele mesmo consegue ajuda!

Juntos no Infinito

– Evaristo, abençoe meus filhos que devem estar à mingua! – rogava um desesperado.

Os mais angustiados estendiam os braços através das grandes, tentando tocar as vestes do tribuno, mas eram impedidos pelos soldados que o ladeavam.

Evaristo galgou as escadarias e foi colocado diante do oficial.

Hermes fazia-se acompanhar de meia dezena de soldados. E pelo temor com que esses subordinados se dirigiam ao oficial, avaliava-se o grau de severidade com que eram tratados.

O comandante era protegido de Jarbas Oliva, o assessor direto do Governador. Os dois alimentavam a antiga amizade com polpudas divisões de propinas angariadas com o confisco de propriedades.

Quando as famílias desalojadas acorriam ao palácio na tentativa de reaver os bens usurpados, um batalhão as rechaçava.

– Evaristo – disse o graduado com cinismo – a instituição a que pertence acaba de infringir a Lei, ferindo os bons costumes. Diante do fato, somos obrigados a informá-lo de que essa casa está na iminência de sofrer o confisco. Tem algo a nos dizer?

– Sim, meu senhor, que acima de tudo cremos na Justiça Divina!

– Deduzo, então, que o senhor acredita na justiça dos homens?! – perguntou capciosamente o comandante.

— Sempre que o homem estiver sendo justo para com o homem.

— Está afirmando que nem sempre agimos com justiça?

— Não me cabe julgar, senhor! Mas tenho certeza de que cada qual recebe do Criador o discernimento necessário para a boa conduta, porém nem todos se encontram atentos para o registro da saudável sugestão.

— E por que estaríamos desatentos? — aborreceu-se o policial.

— *Onde está o teu tesouro, aí estará o teu coração.*

— Não entendi!

— O senhor está desatento.

Os soldados puseram-se a rir com a observação do tribuno, e o comandante irritou-se mandando trancafiá-lo.

Quando Evaristo entrou na cela um dos oficiais que presenciara o interrogatório o acompanhou, sentando-se ao seu lado.

— Chamo-me Eustáquio e fui informado de que uma pessoa muito querida de minha família encontra-se na casa de assistência a que pertence.

— De quem se trata?

— Minha sogra Eleutéria.

— Muito prazer, amigo! Estou feliz em conhecer o genro de nossa grande cooperadora.

– Igualmente! – respondeu ao colocar a destra sobre o ombro de Evaristo. Pretendo visitá-la o mais breve possível; estou ansioso para vê-la.

Conversaram amistosamente e o oficial confidenciou ao prisioneiro os insucessos de sua vida matrimonial. Em seguida, Eustáquio prontificou-se em colaborar naquilo que fosse possível e, quando fez menção de se despedir, Evaristo solicitou:

– Desejo enviar uma carta aos meus companheiros; poderias prestar-me este favor?

– Perfeitamente!

O tribuno retirou o papel do bolso e o entregou ao oficial, que se despediu.

Um plano criminoso

Jeziel cumpria sua rotina de trabalho naquela manhã de sábado. Caminhava distraído em direção ao depósito de feno, quando ouviu vozes que vinham do interior do celeiro.

– O bruxo Evaristo eu já consegui mandar para a prisão – dizia Antônio Castro, mas, para que o nosso plano tenha êxito, necessitamos de motivos mais fortes.

– Pode contar comigo, capitão! Não o decepcionarei, afirmava o capataz.

O moço ouvia, estarrecido, a revelação de que seu pai havia sido o causador do aprisionamento de Evaristo e, ainda mais, que plano seria aquele que estaria sendo engendrado contra os missionários?

– É preciso muita argúcia – aconselhava Castro, com aspecto animalesco – devemos aguardar o momento exato para darmos o golpe.

– Não se preocupe capitão, eles vão se arrepender de terem nascido.

– Há outro detalhe – disse Castro – para que o êxito se configure importa que o prisioneiro seja libertado. Disto me encarregarei junto ao comandante Hermes.

– Perfeito, capitão! – vibrou o capataz – nisso eu não havia pensado.

Jeziel se aproximou tanto, para melhor poder ouvir a conversa, que foi notado por Castro que procurou desconversar:

– Fernando, providencie a carruagem, para que eu vá buscar uma nova remessa de escravos que chegará no próximo tumbeiro.

– Está bem, capitão! Irei imediatamente.

Castro e Fernando não se deram conta de que Jeziel ouvira quase toda a conversa.

Jeziel refletia acerca da gravidade da situação. Tinha consciência de que Antônio Castro não era homem de ficar somente com ameaças; sabia que cedo ou tarde iria cumpri-las.

Ouvira que, sem a libertação de Evaristo, o desconhecido plano não poderia ser executado, o que lhe daria certo tempo para descobrir melhor o que estava para acontecer.

Jeziel, entretanto, ligando as últimas ocorrências, passou a compreender porque Castro e seu capataz, entregues a constantes confidências, evitavam a aproximação de terceiros. O capitão, homem que nunca fora dado a conceder certas liberdades a seus serviçais, ultimamente, era visto em noitadas de libertinagens, fazendo-se acompanhar por Fernando.

Teria de colocar os amigos da casa de socorro a par da situação, mas, enquanto não conhecesse de todo o plano, somente levaria preocupações, sem ofertar-lhes recursos para que se prevenissem.

Na tentativa de desvendar o tal mistério, o moço analisava o porquê de seu pai investir contra seus amigos do templo. Tinha plena consciência de que o capitão não se daria ao trabalho de tomar nenhuma atitude, mesmo que violenta, sem tirar vantagens financeiras. – De onde? Se a casa de socorro sobrevivia de míseros recursos, amealhados com a dedicação de mãos operosas, os quais mal supriam as necessidades de alimentação dos albergados?

Desconhecia o real interesse de seu genitor, mas sabia que aquela comunidade passava por sério perigo. Algo teria de ser feito, para impedir uma possível desgraça. – Mas como? Encontrava-se de mãos atadas, impossibilitado de permanecer junto aos prestimosos tarefeiros.

Antes que Castro tocasse a carruagem, Fernando perguntou ansioso:

– E, então, capitão, já decidiu qual será o grande dia?

– Sim – respondeu de pronto – será no mesmo

dia em que o bruxo for libertado!

Dando uma estrepitosa gargalhada, o capataz açoitou o cavalo, para que a carruagem seguisse o seu curso, transportando o patrão, rumo à cidade.

O jovem que a tudo presenciava, possuía, nesse momento, mais uma importante informação, contudo, restava-lhe descobrir o que seu pai pretendia fazer.

Na casa de socorro...

– Bom dia! O que o senhor deseja? – prontificou-se Catarina.

– Chamo-me Eustáquio, sou genro de Eleutéria – informou o soldado e, referindo-se às duas meninas que o acompanhavam, completou:

– Estas são minhas filhas!

– Por Nosso Senhor Jesus Cristo! Eleutéria ficará radiante! Entrem, por favor!

Quando adentraram à primeira porta que dava para o salão do templo, eles foram avistados por Eleutéria que, impossibilitada de correr, tal a sua emoção, caiu de joelhos ao solo.

– Senhor! Eu não mereço tanto...

Eustáquio sentia-se como o peregrino que, após perder-se por incontáveis dias, acabava de retornar ao seio da família. Homem rude, acostumado a

Juntos no Infinito

lidar com ladrões e criminosos, naquele momento, trêmulo qual um menino, abraçou-se a Eleutéria e disse-lhe soluçante:

— Minha querida! Deus é testemunha de quanto sentimos tua falta!

— Eustáquio — disse emocionada — quando atingimos certa idade supomos ter vivido todas as emoções possíveis. Entretanto, hoje, ao apagar das luzes da existência, retorno aos primórdios da vida, para, de fato, viver e sonhar!...

Catarina tomou as meninas pelas mãos e as encaminhou até a cozinha para alimentá-las. Arrefecidas as emoções, Eleutéria, voltando-se para o soldado, perguntou-lhe:

— Como me encontraste?

— Milito na mesma prisão em que Evaristo se encontra e, a propósito, fui incumbido de localizar o enfermeiro Marcos, para entregar-lhe esta carta.

Levado por Eleutéria à presença de Marcos e de Arsênio, o soldado, após as apresentações, explicou-se:

— Evaristo solicita que seja colocada a máxima atenção no que ele expõe nesta missiva e, se por acaso julgarem necessário, que lhes enviem alguma resposta.

Nesse momento, aproximou-se Mariazinha que chegara do mercado livre. Após cumprimentar o soldado com um sorriso, osculou a face de Marcos e observou:

– Vejo uma carta e até adivinho de quem seja!

– Exatamente, meu amor, é de Evaristo e acabou de ser entregue pelo cavalheiro – confirmou Marcos, abrindo a carta em seguida.

Ansiosos, Eleutéria, Arsênio e Mariazinha aguardavam que Marcos iniciasse a leitura.

Queridos irmãos de minh'alma:

Que possamos merecer as bênçãos de Jesus.

Antes mesmo do episódio do cárcere, tenho tido premonições inquietantes no que diz respeito à segurança dos cooperadores de nossa comunidade. Como até então as ameaças mais acentuadas se voltavam em direção a mim, achei por bem permanecer calado, entretanto, as visões persistem, indicando novas vítimas. Sabemos que os verdugos não fazem parte somente daqueles que utilizam a indumentária física. Outras forças interessadas na prevalência do mal estão sequiosas para a eliminação do "nosso oásis", que no entender deles não poderá dilatar-se ou sobreviver, pois, se tal ocorrer, o deserto causticante e cruel poderá desaparecer.

Alertem, pois, não somente os engajados diretamente em nossa casa de socorro, mas também todas as criaturas que lutam por melhores dias, que desejam libertar-se das agruras inquietantes que as sombras promovem. Solicitem aos casais que têm o sacrossanto objetivo de educar seus filhos dentro dos saudáveis parâmetros morais, que se abstenham de pueris desentendimentos na órbita do lar, evitando, assim, dar guarida a essa nuvem de sombras que ameaçam as famílias.

Os templos se erguem em todos os pontos da Terra! Albergues se estendem oferecendo abrigo, e devotados enfermeiros tentam minimizar a dor. Diante disso, os vespeiros foram tocados e, desse alvoroço resulta uma falsa ideia de que tudo piorou. Mas, na realidade, esses ataques isolados são sinais de desespero. A sombra agonizará, para que a luz se instale para todo o sempre!

Evaristo

— Evaristo, irmão querido! Como temos sentido tua falta – confessou Mariazinha. A assembleia te procura com os olhos, ansiosa por ouvir novamente a maestrina palavra.

Marcos e Arsênio, demonstrando preocupação retornaram para junto dos enfermos, enquanto Mariazinha, ao lado de Eleutéria, conversava longamente com Eustáquio.

Ao se inteirar da situação do soldado, a moça prontificou-se:

— Ficarão conosco e receberão nosso carinho como também a da vovó – disse referindo-se às crianças.

— Não posso aceitar – respondeu Eustáquio. – Pelo que percebo esta casa transborda de afazeres e não seria justo aumentá-los.

– À medida que as obrigações se avolumam, os recursos se multiplicam, sejam em forma de pão ou de mãos abençoadas.

– Poderão ficar, mas com uma condição – propôs o soldado.

– Qual a condição? – indagou a cooperadora.

– De contribuir com o meu salário.

– Isso nós não aceitamos, queremos muito mais! – gracejou Mariazinha. Esta casa necessita de teu coração, esse é o maior salário que poderás oferecer.

Riam quando surgiu Catarina, ladeada pelas duas meninas, com a saia toda lambuzada pelas traquinagens das garotas.

Eleutéria, abraçando Mariazinha, disse transbordante de emoção:

– Como é bom ficar com a família sem ter de se afastar dos anjos!

Quatro dias se passaram. Na propriedade de Antônio Castro, antes mesmo que o sol aparecesse de todo, animais eram levados para o pasto, e os serviçais iniciavam o trato à cultura.

Mantendo distância dos demais, Castro e seu capataz rumavam em direção à colina, alegando a procura de um vitelo desgarrado.

Jeziel ainda não conseguira descobrir qual era

o plano do capitão. Angustiado, caminhava sem rumo pelas veredas.

Não poderia denunciá-lo às autoridades, em razão de sua influência, e depois seria a sua palavra contra a do importante mercador.

Infrutíferas resultaram suas idas até a orla do Tejo, na esperança de encontrar Mercedes. A saudade aumentara e seu jovem coração tomara uma importante decisão; iria visitá-la, mesmo que essa resolução lhe custasse novas amarguras.

– Jeziel! – gritou a distância o capitão, despertando o jovem de seus devaneios. Providencia a troca de ferragem dos animais de sela!

– De quantos?

– Dos oito! E dá-lhes água e alimento.

O jovem sabia que não conseguiria realizar suas tarefas normais e substituir as ferraduras dos animais, sem sacrificar a visita que pretendia fazer a Mercedes.

Com o auxílio de dois escravos Jeziel conseguiu, a tempo, desincumbir-se das obrigações. Antes do sol se esconder montou o seu cavalo e partiu rumo ao sítio de Guaraci.

Escurecia quando o jovem desmontando, amarrava o animal junto à varanda.

Ainda do lado de fora pôde divisar a figura de Mercedes no interior da sala. Coração em descompasso, a flor que empunhava denunciava o seu tremor. Retirou o sombreiro, alisou os cabelos e bateu levemente à porta.

— Seja bem-vindo, bom amigo! – recebeu-o a dona da casa.

O moço encontrava-se tão trêmulo e confuso que por pouco não depositou a flor nas mãos de Guaraci.

Mercedes era a própria beleza. Cabelos negros e longos descansavam sobre o branco acetinado da blusa. Olhos azuis com cintilante brilho de inocência, lábios de carmim natural, que lhe acentuava o meio sorriso.

Tentando vencer o embaraço, Jeziel encaminhou-se até a jovem, ofertando-lhe a labiada.

— Obrigada, Jeziel, foste muito gentil em ofertar-me esta perfumada flor.

A voz de Mercedes soara-lhe com tanta ternura que os olhos do visitante umedeceram.

— Fica à vontade! – disse Jaci, aproximando a cadeira.

Em torno da mesa, com Mercedes ao seu lado, o jovem começou a recobrar a segurança. Para colocá-lo mais à vontade, Guaraci deu início à conversação.

— Hoje matei minha saudade da casa de socorro e fiquei conhecendo duas novas moradoras daquele lar. Trata-se das filhas gêmeas de um soldado, cuja esposa o abandonou.

Juntos no Infinito

– Também tenho sentido muita falta do convívio que tive a oportunidade de desfrutar – declarou Jeziel – e se as obrigações do sítio não me absorvessem até adiantadas horas, por certo lá estaria frequentemente.

– Jeziel – observou Mercedes, testando a veracidade de suas palavras. – Se, de fato, tens trabalhado até altas horas, como se explica que em tua recente carta enviada a mim, dizias que tens me esperado todas as tardes na orla do Tejo?

– Por que essa pergunta, agora, Mercedes? – intercedeu, preocupada, Jaci.

– Não se preocupe minha senhora, de fato, essa observação é pertinente e merece explicação. Ocorre que determinadas tarefas, como abastecimento do sítio, colocação de sal e feno para os animais, restauração de selas e alguns outros afazeres independem de luz solar, portanto, deixo para executá-las quando do meu retorno da orla do Tejo.

– Desculpa-me, Jeziel, não tive a intenção de magoar-te – disse humildemente a jovem.

– A propósito, Jeziel – lembrou Guaraci – Evaristo me recomendou que te desse um forte abraço, caso te encontrasse.

– Mas a prisão de Evaristo não é de caráter incomunicável? Como conseguiu visitá-lo?

– Não, meu amigo, nosso tribuno foi solto!

– Quando! – perguntou Jeziel nas raias do desespero.

– Hoje, pela manhã!

– Deus do céu!

Jeziel levantou-se rápido, lançando a cadeira ao chão, abriu a porta e deu um salto sobre o animal, que saiu em disparada. Sem compreender o que se passava os três moradores entreolharam-se pensativos.

Não havia tempo a perder, e o animal parecia voar. Os ramos das árvores dispostas na lateral da estrada quebravam-se ao contato com a fronte de Jeziel.

Naquele instante, mil pensamentos fervilhavam sua mente. A necessidade de novas ferraduras nos machos de sela; os serviçais reunidos na colina, com Antônio Castro; o reforço da alimentação aos cavalos fora do horário normal.

Naquele momento, o templo já deveria estar completamente lotado, pensava Jeziel. – Se, porventura, a desgraça ainda não tivesse ocorrido, como ele impediria? E se fosse tarde demais?

Finalmente, chegou defronte à casa de socorro. Desmontou-se e rapidamente ganhou as escadas do templo. Embrenhou-se em meio ao povo e, acotovelando-se, foi conseguindo passagem. Evaristo, na tribuna, interrompeu-se ao notar o desespero de Jeziel, tentando avançar.

Subindo alguns degraus de madeira, postou-se ao lado de Evaristo e advertiu ofegante:

– Tomemos cuidado! Existem criaturas neste salão, que, misturadas ao povo, vieram com propósitos criminosos! Alguém, que se encontra junto à porta de saída, procure fechá-la, para que possamos identificar os malfeitores!

Assim que a orientação foi dada, seis homens cingiram o ar com seus punhais, abrindo passagem, e, arrebentando a tranca da porta, sumiram na escuridão.

Extenuado pelo esforço empreendido, Jeziel recostou-se à coluna que dava sustento à tribuna, cobriu a face com as mãos e deu vazão ao choro represado.

Mariazinha, Evaristo e Marcos se acercaram do jovem, envolvendo-o carinhosamente. Evitaram qualquer tipo de pergunta, para não emocioná-lo ainda mais.

Serenados os ânimos, Evaristo proferiu a prece final, e Jeziel foi conduzido até o interior do quarto mais próximo.

Refeito parcialmente, relatou em pormenores os fatos que presenciara no sítio do mercador.

— Face aos últimos acontecimentos — ponderou Marcos — como poderás retornar ao lar? Por certo, a estas horas, Antônio Castro já deve ter recebido a informação de tua interferência, frustrando o seu plano.

— Não seria melhor que aqui permanecesses até que tudo se acalme? — sugeriu Mariazinha.

— Não se preocupe, pois meu pai não teria a coragem de me cobrar nesse sentido, em virtude de ter me ocultado o plano criminoso. Infelizmente, terei de retornar ao sítio, já que o contrato que cede a carta de alforria de Ernesto assim me obriga.

— Embora não partilhes conosco do mesmo teto – afirmou Evaristo – temos a convicção plena de que pertencemos a uma só família. Vai com Deus, querido irmão. O teu ato de bravura revela os firmes propósitos de serviço ao bem comum, e enquanto pudermos contar com destemores desse teor, os sublimes ideais do Cristo prosseguirão, ganhando consciências nos escaninhos mais sombrios em que se demoram as deficiências humanas.

Jeziel retomou o caminho de volta, vagarosamente, sem a ansiedade da chegada. Perdera a oportunidade de se reconciliar com sua doce amada, mas estava com a consciência do dever cumprido, pois salvara importantes vidas, pelos menos temporariamente.

Nas mediações do sítio de Guaraci, sob o sol que se esplendia, vigoroso, duas criaturas perversas tramavam diabólicos planos.

— Necessito de tua cooperação e, sobretudo discrição, Ernesto, por ser este o local mais indicado para se ocultar o corpo. É imperioso que não comentes com ninguém, quando se efetuar a escavação – disse Fernando.

— Pode ficar despreocupado, Fernando; também tenho interesse no sumiço daquele canalha! Só te peço que não o ataques na presença de Mercedes, pois receio por sua integridade física.

Juntos no Infinito

– Tranquiliza-te, Ernesto. Não somos infantis ao ponto de suscitar qualquer suspeita de nosso envolvimento. O que será feito terá o momento certo.

– Antônio Castro está sabendo da manobra? – perguntou Ernesto.

– Está louco? Se o homem souber, quem acabará morrendo serei eu! O que desejo com o desaparecimento de Jeziel é desobstruir o caminho, para que um plano tenha sucesso; se tudo correr como espero, em breve ganharei a emancipação financeira.

– E quem abrirá o buraco?

– Esse pormenor já está resolvido; prometi facilitar a fuga de dois escravos em troca da escavação!

– Mas, há outro detalhe – lembrou o ex-cativo – Jeziel dificilmente virá para estes lados, tornando quase impossível a cilada.

– É nesse ponto que vamos precisar do teu concurso! Sabemos da amizade que Mercedes te dedica; com isso terás grandes chances de influenciá-la a restabelecer contatos com o pretendente.

– Solicitas-me para que interceda em favor dessa união? – protestou Ernesto.

– Sim, mas entendas que morto não tem futuro.

Diante de tal afirmação os dois entregaram-se a ruidosas gargalhadas, mas, assim que a euforia cessou, Fernando detalhou:

– Quando eles retomarem os encontros junto ao Tejo, combinaremos um determinado dia em que Mercedes fique impossibilitada de sair do sítio; disso te incumbirás, cuidado para que não paire nenhuma desconfiança quanto à artimanha.

– No caso do corpo vir a ser descoberto, na certa terá de haver um culpado – observou Ernesto – e com as influências que o mercador possui junto às autoridades, isto é algo que preocupa.

– Já temos um culpado – afirmou de pronto o capataz.

– Quem?

– Guaraci é o homem! Nos próximos dias, estarei preparando o capitão, para que venha a raciocinar acerca dessa hipótese, isto é, antes que o desaparecimento ocorra, inventarei uma possível antipatia entre Jeziel e o pai de Mercedes. E, tem mais, a arma será colocada em um ponto estratégico, nas imediações da casa-grande, para que não restem dúvidas.

– Se alguém for visto nas imediações da residência, por certo levantará suspeita, ainda mais portando uma arma.

– Tu a colocarás!

– Mas como, se não participarei diretamente do caso?

– A arma será deixada em meio ao cipoal da Ribeira, junto ao Guarantã.

Juntos no Infinito

– Como pensaste em tudo, Fernando?

– Passei a noite engendrando essa tocaia e com tamanho ódio que parecia receber orientação dos infernos! À medida que pensava, minhas orelhas pareciam brasas e gritos ecoavam em meus ouvidos. Depois fui envolvido por um sono que mais pareceu um desmaio. Quando acordei, surpreendi-me com a arma junto à cabeceira!

No templo, enquanto Marcos preparava um caldo para um doente, a visitante falava com entusiasmo.

– Então resolvi acabar com minhas horas ociosas!

– Este trabalho, Charlot – explicava Marcos – reclama atenção constante e não depende unicamente de boa vontade. A familiaridade com os remédios é também requisito muito importante! A criatura que deseja aplicar-se a esta tarefa, antes de tudo, terá de ladear alguém que a conhece, e a simples observação acaba por ser maçante.

– Mas ao teu lado nada será enfadonho – respondeu Charlot, insinuantemente. Ademais, estou ficando cansada de tanto cantar, quando, muitas vezes, gostaria de ficar em silêncio para meditar a respeito do futuro e outros valores que preencham meus anseios.

– Quando tomaste a decisão de cooperar nesta casa? – perguntou Marcos.

– Ontem à noite. Quando me preparava para repousar, senti que não estava muito bem. Uma espécie de ardor envolveu-me a fronte e estranhos ruídos penetravam em meus ouvidos. Então, passei a raciocinar acerca da necessidade de algo que viesse suplementar o meu dia a dia. Foi aí que me ocorreu esta casa. Depois disso, parece que ao invés de dormir acabei por desmaiar.

– O templo – explicava o enfermeiro – não possui recursos para remunerar auxiliares, e todo o trabalho é realizado de forma gratuita.

– Como assim? – espantou-se Charlot. Não me digas que os operários não recebem remuneração. Nem mesmo as cozinheiras?

– Nem mesmo elas, e temos alguns casos, como o de Catarina que, recebendo recursos externos oriundos de uma vinha, coloca-os, regularmente, em favor dos suprimentos que abastecem o refeitório.

– E as vestimentas, recreações, ou viagens, quem as subsidia?

– Os recursos amealhados com a venda de artesanatos, referentes aos seis dias da semana, são aplicados na aquisição de remédios, e o restante é recolhido a uma caixa comum em favor dos cooperadores.

– E essa quantia que também poderia ser destinada em favor dos enfermos e não o é, chamaríamos de desvio ou usurpação?

– Não – respondeu Marcos, calmamente –

isto porque, somente os objetos confeccionados em horário além do expediente normal são comercializados em favor do caixa comum.

— E quanto a esses negros que surpreendi entregando dinheiro para Arsênio, por acaso vivem esmolando em favor da comunidade? – perguntou Charlot, sequiosa.

— Ah! Esses são alunos de Evaristo, alguns ex--escravos que desejam alfabetização, para melhor enfrentarem o mercado de trabalho.

— E o ensino não deveria ser gratuito?

— Evaristo tem trinta alunos e recebe pagamento de cinco somente, e essa verba é revertida em favor dos filhos dos enfermos para a compra de material escolar.

A cantora não revelara seus propósitos reais. Marcos, envolvido pelos afazeres, embora notasse algumas insinuações da moça, atirava-se ao trabalho impossibilitando-a de maiores avanços em suas pretensões.

Acostumada a alcançar tudo o que desejava em razão de possuir uma rara beleza, sentia-se ferida em seus brios.

Marcos guardava-lhe certa distância, notara a cantora, mas, segundo pensava, tudo seria uma questão de tempo. Usaria os mais inebriantes perfumes, quando de suas visitas ao templo. Procuraria auxiliá-lo de maneira eficaz no trato aos enfermos e não descansaria enquanto não obtivesse resultados.

A porta de entrada do templo rangeu e surgiu Mariazinha apresentando-se levemente ruborizada, em virtude do sol do meio-dia.

A vendedora tinha conhecimento da presença de Charlot no interior da casa de socorro, em razão do coche suntuoso que a aguardava. Na ausência da carruagem, por certo, o perfume que bailava no ambiente a denunciaria.

Mariazinha avistou Marcos e Charlot, mas foram as netas de Eleutéria que correram em sua direção, envolvendo-a em ósculos e abraços.

– Como está? – adiantou-se a cantora.

– Na graça de Deus! – respondeu a vendedora, e aproximando-se de Marcos deu-lhe um forte abraço, dizendo:

– Tenho ótimas notícias e farei questão de anunciá-las perante todos os servidores desta casa.

Os servidores reuniram-se junto à tribuna, para ouvirem da voluntária as boas novas. Evaristo aguardava parcimonioso, enquanto os demais com os olhos brilhantes de curiosidade não se continham.

– Diga, logo, mulher! – exclamou Eleutéria, rindo de ansiedade.

– Em primeiro lugar devo comunicar-lhes – dizia Mariazinha em tom de mistério – que foi visto em arquivo governamental um documento concedido

Juntos no Infinito

com plenos poderes para que esta casa sofresse confisco, isto é, que se transformasse em propriedade do Estado, em razão do serviço que vem prestando à comunidade.

Ao fazer o grave relato Mariazinha permanecia firme, deixando a vaga impressão de que houvera enlouquecido. Os circunstantes não acreditavam no que estavam observando. Eleutéria, com os lábios trêmulos, ensaiou um choro, mas a vendedora prosseguiu:

— Em segundo lugar, informo-lhes que Jarbas Oliva e o comandante Hermes foram destituídos dos respectivos cargos, por abuso do poder e crime contra o patrimônio público.

Diante do silêncio momentâneo da jovem, Marcos observou nervosamente:

— Ora essa! Onde está a boa notícia?

— Em terceiro lugar, devo colocá-los a par de que o nosso Eustáquio foi designado pelo governador para assessorá-lo diretamente, e os primeiros atos do recém-empossado foram: a destruição do documento de poder sobre esta casa, o reconhecimento deste serviço como de utilidade pública e a doação de duas carruagens para o transporte de enfermos e utilização de caráter geral!

As duas meninas ouviram o nome de seu pai ser mencionado, mas não entenderam do que se tratava, contudo, Eleutéria, sem conseguir conter a emoção, abraçou-se às netinhas, ergueu-as nos braços e, voltando-se para o alto, disse comovida:

— Obrigada, Senhor, aqui se encontra uma família feliz!

O grupo se abraçou, festejando o acontecimento; somente Charlot, um pouco distante, meditava acerca de Antônio Castro que, a partir de então, não poderia mais contar com os favores do comandante Hermes.

Mariazinha, ainda sorrindo, dirigiu-se a Evaristo:

— Então, amigo, o que tens a nos dizer?

— Aproveitando a singela reunião, em que os nossos corações festejam, gostaria de propor um entrelaçamento cada vez maior para a nossa família.

Embora estejamos comemorando sob as luzes de uma parcial vitória, necessário se faz que nos empenhemos em lutas permanentes, porque as sombras ainda vigiam, aguardando um segundo de descuido para se instalarem nas mentes.

O castigo

$\mathcal{C}$asa noturna repleta. No reservado costumeiro, o mercador, enquanto observava Charlot através do transparente cortinado, comentava com o capataz os planos de uma nova trama.

— O plano anterior não logrou sucesso por simples obra do acaso. Quem poderia imaginar que o comandante Hermes perderia o cargo? Caso contrário, com tantas mortes dentro do templo, fatalmente o governo interviria, confiscando-o; daí seria um passo para adquiri-lo por simples bagatela.

— Seu filho — acusava o capataz — tem uma grande parcela de culpa no fracasso do plano.

— Cala essa boca, idiota! — vociferou Castro. Se Jeziel não interferisse, o crime se teria consumado, e estaríamos todos na prisão, pois o canalha do Eustáquio assumiu logo em seguida.

— Quantos escravos o senhor calcula que caberiam no templo? — mudou o rumo da conversa, Fernando.

– Uns trezentos! – exclamou o capitão. E já imaginaste um entreposto de cativos em uma área estratégica como a do porto? Só com o fornecimento para os tumbeiros que sofrem baixas com epidemias?

– O senhor ganharia muito dinheiro, não é capitão?

– Tu, também, seu fedelho. Acaso te esqueceste de minha promessa em te conceder uma parte do depósito?

O capitão nem de longe imaginava que a ganância do capataz chegaria ao extremo de atentar contra a vida de Jeziel, para abocanhar a sua parte no templo. Com os novos rumos dos acontecimentos tomariam outras providências.

Ao erguer a cabeça para virar mais o copo, o capitão, vislumbrando uma figura supostamente conhecida, disse ao capataz:

– Afasta um pouco a cortina; quero certificar-me de uma coisa.

Fernando puxou vagarosamente o véu, e Castro exclamou eufórico:

– Não é que o moço mordeu a isca!

– O senhor vai permitir capitão? – advertiu Fernando, referindo-se a Marcos que se aproximara de Charlot.

– Quieto imbecil! A moça está cumprindo direitinho minhas ordens.

Juntos no Infinito

— Não entendi capitão.

— Quero ser informado de tudo o que se passa naquela casa, e as constantes visitas de Charlot ao templo têm-me beneficiado muito.

E para se gabar da efetiva cooperação da cantora o capitão disse:

— Hoje sei que Eustáquio mantém, naquela casa, a sogra e suas duas filhas; que o bruxo Evaristo alfabetiza os escravos nas dependências, e uma tal de Catarina, que trabalha na cozinha, possui uma vinha em Algarve.

— E para que servem essas informações? — perguntou o interlocutor.

— Para eliminarmos as formigas, antes de tudo devemos conhecer sua trilha!

Riram muito com a observação feita pelo mercador, enquanto Marcos e a cantora dialogavam em mesa distante!

— Confesso que esperava ansiosamente este encontro — dizia Charlot.

— Nem sei como tive coragem para vir.

— Por que esse receio, querido? Acaso estás cometendo um ato tão pecaminoso? — perguntou Charlot, roçando-lhe a face com os dedos.

— Penso que sim. Quando me despedi de Mariazinha, notei em seus olhos a percepção do que estava por acontecer. Acompanhou-me até a porta e,

111

após abraçar-me carinhosa, disse com voz trêmula:

– O amor que te dedico nasceu nas entranhas da terra, cresceu nas alturas e viverá no infinito.

A artista perturbou-se ao se inteirar daquela confissão, e principalmente pela emoção com que foi proferida por Marcos, contudo, confiava no fascínio que exercia sobre os homens e sabia que cedo ou tarde tornar-se-ia dona dos carinhos do enfermeiro.

Castro e Fernando, para não serem vistos, utilizaram a saída dos fundos da cantina. Após encerrar os números musicais, Charlot despediu-se da clientela e acompanhou Marcos pelas estreitas ruas de Alfama.

A Praça do Rocio engalanava-se sob o sol de domingo. Os festejos comemorativos reverenciavam a padroeira. Carruagens suntuosas exibiam-se como competidoras; liteiras sustentadas por escravos transportavam nobres moçoilas em direção ao evento.

Corcéis, ostentando medalhões até os lombilhos, empacavam fogosos sob o comando de seus tratadores. Espetáculos de danças típicas agitavam o ar com sonoridade.

Sobre o tablado revestido de cânhamo, postavam-se homens cujos músculos sinuosos respondiam ao brilho do sol. Porfiavam em atenção aos aplausos da plateia.

Alheia ao que se passava, encontrava-se Mariazinha entre pensativa e a vender artesanatos. Há muito que não sentia tamanha melancolia. Pelas manhãs, o templo se acostumara a receber o seu bom dia em forma de sorriso, seguido pelo instante de oração. Naquele dia, ao procurar Marcos nas salas dos enfermos, somente encontrou Arsênio. Abriu de leve a porta do quarto do noivo, mas, surpresa, notou que Evaristo orava sozinho em seu interior.

O tribuno, compadecido com a aparência de sofrimento da jovem, depois de aconchegá-la ao peito amigo, disse carinhoso:

— O bom pássaro haverá de identificar a erva daninha!

Mariazinha refletia acerca dos últimos acontecimentos, quando Mercedes e Guaraci se aproximaram, despertando-a das lembranças. Após as saudações, Guaraci falou com entusiasmo:

— Solicitei a Anacleto que transportasse em favor do templo alguns frutos colhidos em nosso pomar.

— Muito te agradecemos Guaraci, assim como aguardamos a visita muito querida de todos lá do sítio.

Dirigindo-se a Mercedes, perguntou Mariazinha:

— E quanto a Jeziel, como tem passado?

— Recebemos sua visita em nossa casa recentemente. A mesa estava posta para o jantar, e tudo corria dentro da normalidade, mas, quando meu pai comentou acerca da libertação de Evaristo, Jeziel saiu atropelando tudo o que se encontrava pela frente, afastando-se sem mesmo se despedir.

Mariazinha descreveu com detalhes a razão de tal comportamento, acentuando que aquele ato acabara por salvar muitas vidas, mas Mercedes, estranhando o gesto do filho do mercador observou:

— Sinceramente não compreendo a personalidade de Jeziel, que atua sempre de forma controvertida.

— Mercedes! – replicou Mariazinha. Para nós, que tivemos a sagrada oportunidade de conviver com precioso amigo, sua atitude não nos causou surpresa, visto que, naquele período de apostolado, provou para todos nós sua eficiência no trabalho, tanto quanto o desprendimento em favor do Bem.

As palavras da vendedora, revestidas de ternura, calaram fundo o coração apaixonado da jovem, que respondeu emocionada:

— Estou agradecida pela intercessão favorável a respeito de Jeziel, e percebo que deverei mudar meu conceito referente a ele.

Ao fazer tal observação, Mercedes voltou-se para Guaraci, aguardando sua provação.

— Minha filha – exclamou o genitor – embora já conheças meu pensamento, renovo o parecer, aconselhando que procures um melhor entendimento com o rapaz.

Respirando fundo, como se estivesse expulsando algo sufocante, Mercedes, depois de abraçar Mariazinha, seguiu com o pai, retomando o caminho do sítio.

Juntos no Infinito

Na propriedade de Antônio Castro, dois escravos discutiam com o capataz.

– O senhor nos prometeu a fuga, e isso é o que interessa.

– Já os informei de que o plano não foi possível, e teremos de aguardar novas oportunidades!

– Não podemos esperar mais, porquanto o tumbeiro que retornará à África partirá dentro de três dias – dizia o escravo rebelde.

– A coisa não aconteceu, e a solução será aguardar! – gritou o capataz enraivecido.

– Então – dizia o cativo prometendo vingança – o capitão saberá de tudo!

– Estás louco. Se Castro vier a saber eu estarei perdido!

– Pense em algo em vinte e quatro horas; do contrário, a coisa vai ferver! – advertiu o escravo.

– Está bem! Fiquem tranquilos, acharei a solução – disse Fernando, ainda mais irritado.

Duas horas após os últimos acontecimentos, o capataz de Antônio Castro estava confabulando com Ernesto nos limites da propriedade de Guaraci.

– Estou encurralado – dizia, temeroso, Fernando. Tenho de tomar alguma providência urgente...

Colocando o cérebro doentio para funcionar o ex-escravo sugeriu:

— A coisa não está perdida como pensas; é só libertar os escravos deste mundo.

— Como?! – estranhou o capataz.

— É simples – prosseguiu Ernesto – a única coisa a ser feita é te livrares dos escravos.

— Eles estão sob a minha guarda e qualquer ocorrência me acarretaria sérios problemas, pois o capitão se insurgiria contra mim.

— Procura incriminar outra pessoa.

— Quem? – perguntou ansioso, Fernando.

Chegara a grande oportunidade para indispor definitivamente Mercedes com Jeziel, e Ernesto, refletindo a respeito dessa possibilidade, procurou usar o capataz.

— Denuncia um possível desentendimento, entre o mocinho e os dois escravos, ao capitão, e o resto ficará mais fácil.

— Grande ideia, negro de uma figa! – exclamou eufórico, Fernando.

Depois de analisar as probabilidades quanto ao sucesso da trama, o capataz obtemperou:

— Mas será a minha palavra de serviçal contra os argumentos do filho do mercador!

Juntos no Infinito

– Temos de deixar evidente a participação de Jeziel no crime.

– Como?

– É muito fácil, destrói parcialmente a cítara e coloca-a junto aos corpos, para que caracterize que houve luta corporal.

Antevendo a vitória do plano macabro, Ernesto e o capataz o brindaram com gargalhadas.

Não muito distante dali, Bento e Gerenciana, preocupados com a formação do filho, discutiam as possibilidades de incursá-lo no conhecimento das letras.

– U minino pricisa aprendê – dizia Gerenciana.

– A sinhazinha Mercedes já ofereceu ensino, mas o danado não se decide minha velha.

– Intão temo qui obrigá, se não u neguinho vai imburrecê di veis, i u coice vira contra nóis.

– Não, minha negra! De burro o Ernesto não tem nada!

– Num tem u rabo na anca, mais tá ficano quá língua di animar! Peladu di pobre, mais tem u tipo di proprietáru, i tudu qui vê qué! Cumu os moço da metróque.

– Quem está igual aos moços da metrópole? – perguntou Mercedes que pegou um fio da conversa.

– U Ernesto, sinhá, qui tá carecendo di si acurturá, i só pensa im chiquêru.

– Ernesto tem uma facilidade incrível para se expressar; esses conhecimentos certamente foram angariados em outras eras, entretanto, recusa-se em alfabetizar-se.

– Insina ele sinhá, rogou a ex-escrava.

– Vou insistir, Gerenciana. E se acaso não conseguir convencê-lo, a solução será levá-lo até o tribuno.

– Pruquê tão longi si aqui é mais arrazuadu?

– A dificuldade Gerenciana – explicou a jovem – é quanto à minha pessoa; o Ernesto deixa transparecer que o fato de tomar lições de uma mulher o estaria diminuindo!

– Si ele impacá nóis rasta pru Bruno.

Bento e Mercedes riram gostosamente diante da referência feita a Evaristo, e Gerenciana retrucou:

– Tão acaçuano seus pesti, num sei o qui falei di si zomba?

Mercedes não se aguentando de tanto rir, colocou as mãos sobre o rosto e quando as retirou, viu, surpresa, a figura de Jeziel que se aproximava montado em seu cavalo.

O semblante de Mercedes contraiu-se, o sorriso se fora, mas seus olhos chamejavam ternura naquele instante. Era como se o perfume das flores retornasse, e o sol restaurado em seu antigo vigor ofertasse redobradas luzes ao ambiente da vida. Parecia que a natureza, espreguiçando-se, despertara, e, após o bocejar

Juntos no Infinito

do vento a embalar seus longos cabelos, pássaros em evoluções festivas enunciavam-lhe a chegada do doce amado.

O coração de Jeziel batia célere. Depois de desmontar, encaminhou-se vagaroso em direção à mulher de seus sonhos; a pequena distância ainda lhe propiciou singelos e silenciosos protestos de amor. Pensava: – as lágrimas de amargurada espera valeram a pena; hoje tem reencontro,observo em teus olhos o mesmo sentimento que me envolve.

Juntos, quando sentiram o calor da proximidade, murmuraram promessas de amor eterno, seguidas de um beijo apaixonado.

Bento e Gerenciana, que a tudo testemunhavam, entreolharam-se escandalizados, mas quem se manifestou à meia-voz foi a ex-escrava.

– Bento pega u pano pá abafa u incêncio nu rio.

– Fica quieta, minha negra, deixa os jovens se amarem.

– Isso nu meu tempo a gente chamava di luta corporá.

– O teu tempo é agora, meu sonho!

– Sai di banda, cio di veio!

Na varanda, Guaraci e Jaci receberam os dois jovens com expressões carinhosas.

119

– Jeziel! – falou Jaci entre sorrisos. Espero que fiques para o jantar e prometo que hoje não será servido atropelo.

– Disso tenho certeza, senhora, e peço-lhe desculpas pelo desagradável incidente.

– Nós que devemos escusas em razão de precipitadas deduções.

– Quero que saibas Jeziel – disse Guaraci com vigorosa impostação – que nos sentimos honrados com tua presença nesta casa, e te aguardamos com maior frequência.

– Confesso – disse o jovem – que a falta de um verdadeiro lar tem reduzido minha alegria.

– Faze deste o teu lar – replicou Jaci, emocionada. Estaremos sempre com os braços abertos para receber-te.

– Filha, tu não dizes nada! – observou Guaraci – notando a introspecção da filha.

– O silêncio fala por mim, papai, estou tão feliz que gostaria de conceder parte desta felicidade ao senhor e à mamãe.

– Filha, a tua alegria é nossa maior inspiração – obtemperou Guaraci – portanto, é impossível que consigas viver sozinha a realização dos sonhos, porque eu e tua mãe estaremos sempre a reboque nessa carruagem encantada.

Jeziel ouvia aquelas manifestações de amizade,

comparando-as ao ambiente hostil de seu lar. Guaraci, percebendo-lhe as reflexões dolorosas, mudou o rumo da conversa.

– Estamos interessados em fixar residências em Alfama e, dependendo dos últimos entendimentos que faremos com o proprietário, nossa mudança será em breve.

– E quanto ao sítio – perguntou Jeziel – quem o administrará?

– Vamos confiá-lo a Bento e Gerenciana.

– Com isso, Jeziel – ajuntou Mercedes – ficaremos bastante próximos da casa de socorro, ensejando novas atividades para todos!

Jaci começava a servir a mesa, quando alguém bateu à porta.

– Entra Ernesto! – convidou Jaci. Chegou à boa hora.

– Obrigado, senhora. Mas o que me traz aqui é assunto muito importante para mim! Eu gostaria de dirigir algumas palavras à Mercedes.

– À vontade, assentiu a dona da casa.

– Mercedes – disse o ex-escravo – estive conversando com meus pais e resolvi atender aos seus apelos no que diz respeito ao meu aprendizado.

– Muito bem! – exclamou exultante a jovem. A notícia não poderia ser melhor e espero que possamos iniciar em breve.

– Quero começar agora! – disse categórico, Ernesto, sem dirigir o olhar uma só vez em direção a Jeziel.

– Este momento não é o mais indicado – ponderou Mercedes. Para realizarmos essa tarefa é necessário que se faça uma preparação com antecedência, e, sobretudo, estamos recebendo a visita de Jeziel.

– Não é preciso justificar mais – interrompeu Ernesto com laivos de enfado, no entanto, prosseguiu:
– E importante que não se atribua a mim o desinteresse.

Quando Ernesto deu as costas para os circunstantes, com o fito de se retirar, Mercedes fez menção de impedi-lo, mas Guaraci se interpôs.

– Deixa-o, minha filha. Procura recordar o que conversamos nas veredas.

– Tem razão, papai! Essa será a nossa primeira cooperação para que Ernesto se eduque.

O ex-escravo sabia da presença de Jeziel na residência de Guaraci e, com o propósito de gerar conflitos para lá de dirigiu, sem, porém, conseguir interromper o idílio que recomeçava.

No sítio do capitão...

– Onde se encontra Jeziel? – perguntou Castro, dirigindo-se ao capataz.

– Não sei meu patrão. A última vez que o vi

foi nas cercanias do engenho se desentendendo com dois escravos!

— Diabo! Agora o moço deu para molestar os cativos?

— O senhor vê? E a coisa parecia séria, pela acirrada discussão.

— Bem, estou exausto e vou me deitar, espero não ser importunado.

— Então, boa noite capitão.

Fernando despediu-se com o sorriso de quem estaria em paz com o mundo, mas, assim que ganhou o pátio, acenou para três homens que o acompanhavam em direção à tapera dos dois escravos.

Na manhã seguinte...

— Fernando, encarrega-te de despertar os homens, pois Jeziel deve estar enrolado nos panos até as ventas.

— Tudo bem, capitão.

O capataz caminhou vagaroso, como de costume, atrelou o seu animal e se dirigiu aos alojamentos dos cativos. Depois de circundar, parcialmente, a área, voltou fazendo alarde:

— Patrão, os dois escravos que trabalham no engenho não se encontram na tapera!

— Como?! Para onde foram os desgraçados?

– Não sei capitão! Mas a estas horas devem ter ganhado o matagal!

No momento em que o capitão reunia seus homens, para saírem na captura dos fugitivos...

– Patrão, eu vi dois homens estirados junto ao engenho – informou, assustado, um serviçal, e parece que estão mortos!

Quando Castro chegou ao local constatou que os dois escravos haviam sido liquidados a golpes de ancinho.

Ao serem removidos os corpos, o capitão notou enfurecido, que a cítara de Jeziel encontrava-se sob o ventre de um deles.

– Maldito! Vai me pagar por esse prejuízo! Fernando, chama os homens e atrelem Jeziel ao tronco!

– Ao tronco? – exclamou Fernando, fingindo-se escandalizado.

– Sim! E agora mesmo!

O moço, sem entender o que se passava, foi atado ao madeiro.

– Quantas chibatadas, patrão? – perguntou ansioso o capataz.

– O suficiente para que ele não volte a correr em direção à casa dos bruxos.

Apertando fortemente o cabo do rebenque, o capataz recuou um passo e vergastou, impiedosamente, os costados de Jeziel.

Juntos no Infinito

O azorrague provocou-lhe inúmeros cortes nas espáduas. As pernas bambearam, e, quando a perda dos sentidos parecia iminente, Castro ordenou:

– Agora basta! Soltem-no!

O açoitado, mal podendo divisar o vulto do capitão, em razão do suor que se misturavam sobre os seus olhos, ainda encontrou forças para perguntar:

– Por que tudo isso, meu pai?

Castro tentou responder-lhe, mas, calou-se, ao notar que Jeziel perdera os sentidos.

A mentira

Após três dias de afastamento, Marcos retornou à casa de socorro. Durante a ausência do enfermeiro, Arsênio, que possuía limitados conhecimentos na área de enfermagem, desdobrou-se até altas horas, na tentativa de minorar a situação.

– Arsênio, qual a tua idade? – perguntou Marcos.

– Neste Natal completarei dez lustros.

– E o que mais desejas para o teu futuro?

– O ressarcimento de todas as minhas dívidas do passado.

– Como assim? – insistiu Marcos.

– Quando alguém como eu – explicou o colaborador – que tenha caminhado mais da metade do percurso, no que se refere à existência terrena, e se digne a olhar para trás, na observância sincera do próprio comportamento, por certo, compreenderá a necessidade de rever posições.

— E retomando, agora, o trecho já palmilhado, acreditas que terás o tempo hábil para reparares os possíveis danos?

— Se te referes a uma total corrigenda no âmbito de atual existência, respondo-te que tudo dependerá de minha determinação quanto à varredura dos detritos acumulados.

— Não creio que possuas um passado tão escuro, pois te observo sempre inclinado para o Bem — considerou Marcos.

— Assim pensas, em razão de não haveres acompanhado os tempos "áureos" de minha mocidade.

— O que fizeste de tão pecaminoso? — indagou Marcos, com expressão curiosa.

— Meu pai gozava de múltiplos benefícios junto ao imperador, fazendo parte da corte na área de conselho. Mamãe, sempre intercedendo por mim, conseguia que meu genitor satisfizesse os mais extravagantes desejos de seu filho.

Ao completar quatro lustros de existência, desposei uma camponesa, moça simples e de bons princípios; mãe extremosa, no decorrer de um lustro de esponsalício concedeu-me três filhos.

Habituado a frequentar os saraus da nobreza, envolvi-me com muitas mulheres da "casa-mater", e acabei por eleger uma das sobrinhas do censor como minha habitual concubina.

Juntos no Infinito

– Com essa vida folgazã – prosseguiu Arsênio – sob a atenção de Marcos, consegui em pouco tempo arruinar a pequena fortuna de meus pais. As propriedades, por eles adquiridas ao longo da existência, foram malsinadas por mim.

Quando o império espanhol assumiu o controle de Portugal a nobreza lusitana bandeou-se para outros países vizinhos e com ela a sobrinha do censor.

Alucinado com a ausência da amante, eu abandonei mulher e filhos, partindo para a França.

Sem os antigos haveres de meus pais, a custearem as necessidades de um "bom vivant", os saraus rarearam, as vestimentas de acetinadas ilhargas foram escasseando e a sobrinha do censor abandonou-me.

– Mas ainda te restaram mulher e filhos! – exclamou Marcos aparvalhado.

– Com essa esperança retornei a Portugal – disse Arsênio com a voz embargada – entretanto, em razão do estado de miserabilidade em que se encontravam, meus familiares resolveram prestar serviços em áreas onde os escravos atuavam e, com o advento de cruel epidemia quase todos sucumbiram, sobrevivendo apenas o meu primogênito que laborava na casa de um ferreiro.

Entre os pertences de meu pai, encontrei uma carta amarelecida, na qual comunicava a existência de uma propriedade em Lisboa, que concedera aos netos.

– Onde se encontra o herdeiro?

– Na casa que recebeu.

– E quem é esse teu filho?

– Um dia saberás.

– Por que agora esse mistério, meu amigo?

Arsênio passou o costado da destra, tentando enxugar as lágrimas e disse:

– Apenas tentarei varrer minha estrada, retirando os calhaus da consciência, para depois merecer a alegria de dizer ao mundo que agora verdadeiramente sou pai e este é meu filho!

Marcos não compreendera o porquê de Arsênio se manter distante do único familiar que lhe restara; talvez – pensava ele, o filho outrora rejeitado, remoendo as mágoas do abandono, por certo, naquele momento se recusava a viver em companhia do pai.

O caso do auxiliar guardava certa semelhança à sua atual experiência com Charlot, e, quem sabe, por isso, depois de uma larga convivência com o amigo, somente agora, a título de alerta, Arsênio se dignara expor-lhe os detalhes da própria desdita.

Temia que o futuro lhe reservasse amarguras, em virtude da decisão que estaria inclinado a tomar, entretanto, o fascínio que a cantora exercia sobre os seus anseios de homem não permitia outra escolha. Falaria com Mariazinha, expondo-lhe toda a realidade.

Nesse momento, a carruagem de Charlot estacionou defronte ao templo. A garbosa mulher des-

Juntos no Infinito

prendeu os longos cabelos, despediu o cocheiro e encaminhou-se em direção à "nova tarefa".

– Bom dia, Marcos! – disse a cantora entre sorrisos.

– Bom dia Charlot – retribuiu o enfermeiro, ao lhe acariciar a face. – Estás decidida a colaborar de fato?

– Estou aqui para isso. E não descansarei enquanto minha ignorância acerca do assunto persistir.

– Está bem! Então me acompanha, convidou Marcos, conduzindo a artista até a ala dos internados.

– Vê este caso – explicava o enfermeiro, referindo-se ao ancião que mantinha uma esférica ulceração descoberta na altura do antebraço.

– Nossas providências em relação a esta enfermidade serão as seguintes: após a limpeza prévia do local, aplicaremos a loção, e esse procedimento deverá ocorrer duas vezes por dia.

Charlot mirou o velho que denotava tristeza em suas conformações faciais; as órbitas profundas ocultavam-se nos encovados. O ferimento apresentava nos rebordos protuberâncias violáceas. Tomada pela náusea, que não conseguir controlar, a artista esboçou uma desculpa e se dirigiu ao toalete.

Nesse ínterim, aproximou-se Mariazinha que, após abraçar Marcos carinhosamente, perguntou, voltando-se para o enfermo:

— Como está o nosso querido vovô?

O olhar do ancião reacendeu-se como se naquele momento refletisse a luminosidade recebida, e respondeu com um ligeiro sorriso:

— Sinto-me igual a uma estátua, envolta por anjos de verdade.

— Tu és o nosso anjo de verdade — disse emocionada, a vendedora, ao limpar o ferimento do velhinho — pois trouxeste nessa chaga o motivo para a existência de nossas mãos.

— Mariazinha — interrompeu Marcos — entendes verdadeiramente que o sofrimento alheio é algo que nos compete minorar?

— Querido! — exclamou Mariazinha, estranhando a pergunta. Todos os recursos existentes são valores convocados para o suprimento de necessidades. No universo, a dor e o lenitivo se auxiliam, caminhando juntos.

— Mariazinha — disse Marcos em tom grave — estou pensando seriamente em deixar esta casa!

Essa revelação caiu como um raio no peito da jovem. O doce amado despedia-se do templo, onde juraram amor eterno. Marcos, antes de representar para ela o noivo adorado, era, acima de tudo, o menino carente de orientação e ternura. Distante, como poderia ofertar-lhe o ombro amigo! Conhecia-lhe os repentes de insegurança e, até então, somente ela conseguira restabelecer o equilíbrio na mente do companheiro.

Juntos no Infinito

Mariazinha fitou o noivo, tristemente, e, como se estivesse perdendo-o, murmurou com os lábios trêmulos:

— Marcos, meu amor. Sinto que neste momento não te afasta unicamente das tarefas do templo, mas, sobretudo, dos meus carinhos.

— Mariazinha — retrucou o enfermeiro — sairei em busca de um futuro melhor. Pretendo partir para França, onde o estudo no campo da medicina me aguarda.

— Sem recursos, poderás encontrar dificuldades no que diz respeito à residência no país distante – preocupou-se a jovem.

— Quanto a isso não te apoquentes. Charlot já providenciou minha permanência no Exterior, junto aos seus familiares.

Oculta pela porta semiaberta, a cantora permanecia no corredor, aparecendo no instante em que julgou oportuno.

— Então, Marcos, tu já informaste Mariazinha acerca de tua decisão?

— Sim, Charlot, agora só me resta aguardar o encerramento do ano para dar início aos meus estudos.

— Até lá eu terei muito que aprender contigo, não é querido? – disse Charlot vitoriosa.

Percebendo a intenção de ficarem a sós, Mariazinha sentiu o ímpeto de se manifestar com austeridade, mas, fitando o olhar buliçoso e inquieto de Marcos, disse piedosamente:

— Marcos, não te julgues que este momento seja único em nossas existências; outrora, carpimos fases similares, em que a separação, por um lado, relegava-me a amarguradas noite de abandono e solidão, por outro, lançava-te no sombrio martírio dos desenganos. Não te vejo simplesmente como o amado que renega meus carinhos, mas, sobretudo, como o filho que se recusa ao aconchego. Este alerta nada tem de reproche, pois confesso que a ternura que minh'alma nutre por ti é tão grande que meu coração se nega a aceitar qualquer outro sentimento que não seja o amor.

Charlot, temendo que Marcos se envolvesse pelas cariciosas palavras da noiva, replicou com sarcasmo:

— O que percebo em tuas insinuações é pura manifestação de egoísmo.

— Então, com o pretexto de mantê-lo à tua mercê, sugeres que Marcos se abstenha de procurar os próprios interesses?

Ainda, com os olhos enevoados pelas lágrimas, Mariazinha redarguiu:

— Charlot, saibas que, se porventura, um dia Marcos desejasse alcançar o cimo da montanha, para conquistar um pouco de alegria, mesmo sofrendo eu a dor da separação, por certo, tudo faria para impulsioná-lo.

Juntos no Infinito

– Compreendo teus cuidados, Mariazinha, e conheço de sobejo o sentimento que nutres por mim – interveio o enfermeiro – contudo, essa é minha vocação e não abrirei mão da oportunidade!

Marcos e Charlot entenderam que Mariazinha não se referia à viagem, mas, sim, ao romance que se delineava entre ambos. Naquele momento, o que lhes importava não era o que a vendedora pudesse sentir ou pensar, mas, dar vazão àquela paixão que os sufocava.

Ali mesmo, nos fundos da propriedade, Evaristo recebia um escravo que alegou intenção de alfabetizar-se.

– Qual o teu nome?

– Leocádio.

– A idade?

– Trinta anos.

– Leocácio, onde trabalhas?

– No sítio de Antônio Castro.

Evaristo, que permanecia sentado fazendo as anotações, ergueu o olhar cismador em direção ao brutamontes, e considerou:

– Pelo que estou informado a propriedade em que trabalhas guarda uma grande distância em relação a esta casa, e receio que o nosso horário de aprendizado não coincida com o tempo disponível que possuis.

– Quanto a isso não haverá problemas, pois o patrão, sabendo dos meus propósitos quanto ao estudo, deslocou-me para o abastecimento do mercado livre, desobrigando-me de retornar em seguida.

Enquanto o escravo se explicava, permanecia recurvado apoiando as mãos enormes sobre a mesa; naquela posição, a parte traseira de sua camisa ergueu-se, deixando a descoberto o punhal que luzia.

– Então iniciaremos amanhã, à tarde – disse Evaristo – e, por favor, leva minhas recomendações a Jeziel.

– Ah! O senhor Jeziel! ... – o escravo quase deixara escapar o ocorrido com o filho de Antônio Castro.

– O que aconteceu com ele?

– Não! Nada não, senhor. Eu transmitirei o recado!... – disse confuso.

Na propriedade de Guaraci, junto ao arrozal:

– Gerenciana! Eu não disse que o nosso Ernesto acabaria por se decidir a estudar?

– To filiz, meu nego. Hoji vai sê o grandi dia!

– A senhora Mercedes me informou que já adiantou as lições.

– Intão cuida di qui Ernesto lavi as zoreia e apari as casco, pra num cherá di azedo na casa du poltrão.

Juntos no Infinito

– Qualquer dia você me complica Gerenciana.

– Pru quê?

– Esse seu jeito de se expressar.

– Num to apreçano ninguém, i faiz favo di num mi acorrigi nas ventas do propriotaru, si num quizé sai di rasto com pé di orei aqui vô ti dá!

– Calma, minha negra! Valentia não leva a lugar nenhum!

– To aprozeano meu nego – disse com carinho a ex-escrava – suncê mi merece u cafuné!

– Então também digo que chegou o grande dia!... – gracejou Bento.

– Di suncê si avergonha bode preto!...

– Fala baixo que o patrão vem chegando – advertiu Bento.

– Já tô de beiço curto! Seu rasta fundilho. I vê si num abajula o poltrão! Mioando a carça di tremura...

– Boa tarde amigos!

– Batarde poltrãozinho!

– Fica calada, minha negra.

– Tá certo! Adispois num vem dize que num sô disiducada.

– Deseja algo, apatrão? – prontificou-se o ex--escravo.

– Estou à procura de Mercedes! Julgava encontrá-la aqui.

– Ela não disse para onde iria?

– Sim! Saiu com o destino ao Tejo, para encontrar-se com Jeziel, entretanto, o adiantado da hora nos preocupa.

Na propriedade de Antônio Castro...

– Desejo falar com Jeziel – solicitou Mercedes, dirigindo-se ao capitão.

– Pois não! Entra e faze-te acompanhar pelo amigo...

– Ah! Desculpe-me. Este é Anacleto, um nosso servidor!

– Jeziel se encontra na casa-grande. Rumem para lá e atrelem o cabriolé no átrio.

No percurso entre a cancela e a residência, Mercedes confessou sua preocupação a Anacleto.

– Essa amabilidade do capitão não é normal! Algo de grave está ocorrendo!

– Logo nos certificaremos – considerou Anacleto. Aguardemos Jeziel.

No interior dos aposentos do jovem açoitado, Antônio Castro recomendava:

– A guarda governamental está sob a responsabilidade de novo comando. Tem vasculhado propriedades para observar possíveis maus-tratos aos escravos, e, se porventura for constatado o uso de qualquer castigo, o sítio responsável poderá ser confiscado.

– O que o senhor está tentando me dizer com isso? – perguntou Jeziel estirado no leito.

– Que não reveles nada em relação ao teu crime.

– Não matei ninguém meu pai! – protestou o castigado.

– Não há tempo para esta discussão – advertiu raivoso o capitão. Se mencionares qualquer detalhe do ocorrido, juro pelos infernos que aquela rapariga, que se encontra na varanda, não chegará com vida ao sítio do pai.

– Que tipo de desculpa eu darei acerca do meu estado?

– Arranja um acidente qualquer e não tentes me enganar, pois vou permanecer junto à porta, sem perder uma única palavra.

– Está bem, meu pai, mande-a entrar.

Pálido e enfraquecido, em virtude da febre que o acometera, Jeziel demonstrava o semblante exaurido. Preocupado em aparentar melhores condições, ergueu-se parcialmente do leito e passou as mãos sobre o rosto, para receber a doce amada.

– Estás enfermo, querido? – perguntou Mercedes, acarinhando-o.

– Sim, mas não é nada grave. Em breve estarei recuperado.

– Conforme combinamos – explicava a jovem – aguardei-te na orla do Tejo; como não compareceste fiquei agoniada.

– Desculpa-me, meu amor, como vês tudo ocorreu independentemente de minha vontade!

– Mas o que realmente aconteceu? – indagou Mercedes preocupada.

Jeziel passou a destra pela fronte, divisou o vulto de Castro por entre a fresta da porta e, com o coração despedaçado, mentiu...

– O cavalo de minha montaria assustou-se com um animal qualquer, que se debatia na relva, e lançou-me pelo despenhadeiro.

Ouvindo a versão mentirosa do filho, Antônio Castro esboçou um sorriso e se retirou, pé ante pé, em direção à varanda.

A acusação

Anoitecia quando Mercedes e Anacleto se despediram de Jeziel. O ruidoso cabriolé ganhou velocidade em meio à estrada poeirenta. No caminho, por mais que a jovem tentasse desvencilhar-se da cisma, a explicação do amado bailava em sua mente, revelando-lhe conotação duvidosa. Conhecia o desembaraço e a palavra fácil do namorado, entretanto, no momento de Jeziel expor o ocorrido percebeu-lhe a alteração facial, como quem estivesse encontrando extrema dificuldade para se pronunciar.

— Talvez essas dúvidas — pensava, vieram-lhe à mente, em decorrência dos fatos anteriores que culminaram com a temporária separação. Absorvida por semelhantes reflexões, Mercedes dirigiu-se a Anacleto distraidamente:

— O que achas?

— Sobre o quê, senhora?

— Oh! Desculpa-me, Anacleto, estava tão envolvida em meditações que julguei estar dialogando contigo.

– Se a preocupação da senhora girasse em torno dos cuidados que estariam sofrendo os seus pais, digo-lhe que aquela poeira, que se alteia distante, indica ser da carruagem que vem à nossa procura.

De fato, o coche conduzido por Guaraci aproximava-se, reduzindo a velocidade.

– Minha filha! Deixei tua mãe extremamente preocupada – disse Guaraci, elevando a voz. Ela não me acompanhou, pois estamos com visitas.

– De quem se trata papai?

– Soldados do Estado, inspecionando o sítio.

Sem perda de tempo ganharam a estrada e, em breve, apearam defronte à casa-grande, onde Jaci e quatro policiais conversavam.

Entraram todos, atendendo ao convite da dona da casa.

– E, então, tudo em ordem? – perguntou Guaraci, sorridente, dirigindo-se aos inspetores.

– Não está nada em ordem, meu senhor! – retrucou com gravidade o inspetor-mor. Não adiantamos nada à sua esposa, para não inquietá-la, mas somos obrigados a questioná-lo.

Surpresos com o tom acusatório do soldado, os moradores ficaram lívidos.

— O que está acontecendo? — indagou Guaraci nervosamente.

— Calma! Antes faremos algumas perguntas! — disse o policial autoritário.

— Pois não. Estou às suas ordens.

— Quantos escravos o senhor mantém no sítio?

— Escravos? Nenhum! — exclamou Guaraci.

— E aqueles negros à beira do riacho?

— São libertos que prestam serviços, mediante remuneração.

— A partir de quando o senhor decidiu não utilizar a mão de obra escrava?

— Nunca os tivemos; sempre nos manifestamos contra esse tipo de segregação.

O inspetor-mor retirou a palha da algibeira, enrolou o cigarro e disse com ironia rude:

— E o que tem a me dizer a respeito dos dois negros enterrados em uma vala, nos limites deste sítio?

— Não estou entendendo! — disse Guaraci desnorteado.

— Pois eu explico — afirmou o soldado, soltando uma baforada. Recebemos denúncias de que dois escravos foram sacrificados nestas paragens; a informação, além de anônima, não especificou o local exato do ocorrido, reclamando investigação abrangente nesta área, e, pelo que acabamos de constatar, o senhor é o responsável pelo duplo homicídio, já que os sacrificados foram encontrados dentro desta propriedade!

E advirto-lhe que será inútil tentar transferir a culpa para esse casal de negros, referindo-se a Bento e a Gerenciana, que acabavam de entrar a casa, pois eles se encontravam no local no instante preciso em que procedíamos à remoção das vítimas, deixando bem claro, com o espanto que demonstravam, a ausência de qualquer participação no caso.

– Estou abismado! – disse Guaraci ao observar Mercedes e Jaci que se abraçavam chorosas.

– Abismado não sei, encarcerado, tenho certeza! – ironizou o soldado.

– Sinhô, implorou Gerenciana, num leva u nosso anjo! A dor qui nóis temo só ele sabi arretirá! U poltrãozinho num tem a corage de sacrificá uma furmiga. I adispois sem ele, cume qui nóis vamo si arranja, síria a merma coisa que se atampá o sol da nossa vida! Inté us passarinho vão sinti sua farta, pois us pobrezinho todas manhã arrodeia o grande rancho, esperano u nosso anji, ao migalha atira!...

– Prendam o assassino! E providenciem o translado dos corpos – ordenou implacável o investigador.

De nada adiantaram as súplicas dos familiares e dos ex-escravos. Guaraci foi amarrado e conduzido para o carro policial, enquanto Ernesto, sentado em um degrau da escada, que servia a varanda, tentava disculpa de se alfabetizar com Evaristo!

– O capitão não perde tempo, hein, Fernando?

– Ele primeiro está cercando todos os lados para depois dar o bote.

– De todos os lados é exagero – discordou Ernesto – por enquanto só estou sabendo que Charlot e Leocácio estão trabalhando para o capitão nessa trama.

– Há um terceiro, meu caro Ernesto – disse o capataz em tom confidencial.

– De quem se trata?

– O capitão informou-me que é uma pessoa bastante conhecida, que, embora aparentemente esteja trabalhando para o outro lado, bandeou-se para o nosso.

– Quem será? – perguntou Ernesto com aflitiva curiosidade.

– Já te disse que nada sei, inclusive pensei muito, mas, até agora, não cheguei a uma conclusão.

– Em quem pensaste?

– Em todos lá do templo, mas não me foi possível adivinhar quem seja o novo colega.

– Por que novo colega? Não poderia ser uma mulher? – arriscou o ex-escravo.

– Certo! Tudo é possível! – concordou o capataz, admitindo a existência de novos suspeitos.

Fernando montou no seu cavalo e seguiu em

Juntos no Infinito

Fernando e Ernesto continuavam a se encontrar para entabulações junto ao sítio do prisioneiro.

— E o mocinho, ainda está de molho? — interrogou sarcástico o ex-escravo.

— Já está bom para outra! E presumo que vá estourar por aqui, pois hoje, pela manhã, encontrei-o escovando as botas!

— Deixa-o vir — disse Ernesto com ar de malícia — já preparei o golpe de misericórdia!

— Vê lá o que vais fazer rapaz! — advertiu o capataz.

— Não te preocupes; serei bastante sutil e tomarei todo o cuidado para não te envolver.

— Assim espero, pois o capitão já começou a ficar desconfiado em relação à morte dos dois escravos, e se ele, de fato, souber da verdade, estaremos perdidos.

— Fica alerta com os homens que te ajudaram naquele "trabalho"!

— Quanto a isso não me preocupo — folgou Fernando — dois deles trabalham em outro sítio, e Leocádio, o terceiro que presenciou o fato, sem tomar parte diretamente no caso, está tentando comprar a própria liberdade, com um "servicinho" que fará na casa dos bruxos.

— De que maneira ele entrará no templo?

— Já entrou! — exclamou o capataz, com a des-

imediata – disse pesaroso o assessor – pelo fato do presídio de Sezimbra encontrar-se atualmente sob a intervenção do Estado-maior, que apura irregularidades da antiga gestão. Contudo, apelarei para o senhor governador que use de sua influência com o objetivo de minorar a pena, insisto, porém, se os reais criminosos não forem identificados prontamente!

– Meu pai não poderá ficar isolado por muito tempo. A solidão o matará, já que o seu coração encontra-se extremamente fraco.

– Cuidarei para que a detenção não seja de caráter incomunicável, assim Guaraci poderá recebê-los com assiduidade.

– Estou grata – disse a jovem, recostando a fronte no peito de Evaristo.

– Rogaremos a Jesus – afirmou o tribuno – que ampare o teu pai nesse momento, concedendo-lhe forças para que suporte a prova a que foi submetido.

Eustáquio despediu-se, dizendo que tomaria as providências que o caso exigia. Evaristo, solicitando os préstimos de Catarina e Eleutéria, acomodou Mercedes para que repousasse.

A segregação de Guaraci já contava duas semanas, e o misterioso assassinato dos escravos permanecia inalterado. Atendendo à solicitação de Eustáquio, o governador autorizara incansáveis buscas, na tentativa de que aparecesse o verdadeiro culpado, mas tudo em vão.

Juntos no Infinito

– Mãe de todos nós, amigo! – afirmou o tribuno com os olhos úmidos. E sou talvez a principal testemunha dessa verdade, pois, quando retornei da prisão, encontrava-me fraco e febril; os sentidos me fugiam e, durante a madrugada, quando todos repousavam, ouvi um sussurro como o de alguém que implorava a Jesus; tal não foi a minha emoção, quando divisei um vulto que a réstia do plenilúnio acusou ser Eleutéria, orando por mim.

Conversavam ainda acerca dos ideais de Eustáquio quanto à família, quando Mercedes entrou, interrompendo-os.

– Bom dia, e desculpem-me a intromissão. Aconteceu algo muito grave para a minha família – disse a jovem, entregando-se a convulsivo pranto.

– Acalma-te, querida, e dize-me o que está ocorrendo – interveio o tribuno carinhosamente.

Depois de relatar a desdita do dia anterior, sob as atenções dos amigos, Mercedes rogou suplicante a Eustáquio que intercedesse junto às autoridades em favor de seu pai.

– Querido amigo, solicite ao governador que liberte meu pai em nome do bom procedimento que sempre o caracterizou, e diga ao senhor do Estado que, enquanto o inocente está pagando por um crime que não cometeu, o verdadeiro culpado anda à solta, cometendo novas atrocidades!

– Encontraremos dificuldade para a soltura

– Então, amigo – prosseguiu Eustáquio – se não bastasse a dedicação de Eleutéria, que ocasionou a permanência de minhas meninas nesta casa, agora temos Catarina, que as envolve maternamente! Gostaria de poder conciliar as coisas, mas, até agora, confesso que não vejo uma saída.

– O que estás querendo dizer? – perguntou, sorrindo, o interlocutor.

– Como assim? – corou Eustáquio.

– Vamos lá! Abre-te comigo, companheiro! Não sabes, por acaso, que todos os cooperadores do templo têm conhecimento da afinidade existente entre Catarina e o valoroso papai?

– Pelo amor de Deus! O que é isso Evaristo?

– Estamos honrados com esse idílio, afirmou o tribuno. Esperamos somente que com o sucesso dessa união não venhamos a perder cinco.

– Como cinco? – estranhou Eustáquio.

– Sim! Um papai, uma vovó, as duas meninas e Catarina.

Agora, mais desembaraçado, o assessor olhou emocionado para Evaristo e disse:

– É verdade, Evaristo, Catarina conquistou os meus sentimentos mais puros, e tenho por ideia o propósito de desposá-la, mas, antes de qualquer proposta de caráter oficial, sinto-me no dever de solicitar a bênção e a aprovação de Eleutéria, que se revelou uma verdadeira mãe para mim.

Juntos no Infinito

farçar a imensa satisfação que o invadia.

Manhã de chuva torrencial.

– Bom dia, Evaristo!

– Bom dia, Eustáquio!

– Estou profundamente grato pela acolhida que a casa de socorro me propiciou ontem à noite; confesso que a saudade que vinha sentindo de minhas filhas prostrava-me em angustiosa melancolia.

– Lamento – dizia Evaristo – que o templo e o local do seu trabalho guardem tamanha distância entre si; do contrário, poderias muito bem residir conosco.

– Às vezes penso amigo Evaristo, em montar uma nova casa nas imediações da sede governamental, onde eu pudesse residir com minhas filhas e dona Eleutéria; porém o que se deu ontem à noite arrefeceu minha pretensão!...

– Não sei a que te reportas – interrompeu Evaristo – mas espero que também consideres as dificuldades em continuarmos vivendo sem as presenças de tuas pequeninas filhas e Eleutéria, mas desculpa-me a interferência e continua o que estavas dizendo.

– Ontem à hora do repouso, solicitei às minhas filhas que ficassem comigo fazendo-me companhia. As duas sorriram, aproximaram-se de mim e beijaram-me. Em seguida, uma delas disse: – Boa noite, papai! Vamos dormir com mamãe Catarina como de costume.

direção à propriedade do capitão, enquanto Ernesto, apoiando-se no forcado, dirigiu-se até sua casa à beira do riacho, com o propósito de se preparar para o estudo, junto à Mercedes.

A jovem estava desolada; a ausência de Guaraci alterara sensivelmente o seu estado de espírito. Sem poder contar com Jeziel, em razão de se encontrar enfermo, ela permanecia longas horas na varanda da casa-grande, remoendo as saudades de seu pai e do amado.

Sua mãe viajara para Sezimbra com a esperança de que Eustáquio pudesse conseguir a libertação do esposo, entretanto, voltara como sempre, sem a companhia de Guaraci, e com o coração ainda mais amargurado.

O sol ia se pondo no horizonte, quando Mercedes recebeu a visita de Jeziel.

– Tenho tantas amarguras para te relevar, querido.

– O que está acontecendo, meu amor?

– Depois de tua última visita o mundo parece que desabou sobre nossas cabeças! Mas vamos entrar, e assim mamãe ajudar-me-á na exposição dos detalhes.

Ao ouvir de Jaci e Mercedes a notícia acerca do achado dos escravos na vala daquele sítio, Jeziel empalideceu. – Não restavam dúvidas – pensava ele – a colocação dos corpos só poderia ter sido obra de Castro. – Como denunciá-lo, se a vida da amada dependia do seu silêncio, e a delação se voltaria contra

Guaraci, pois as provas o apontavam como o verdadeiro culpado?

— Para que se libertasse o valoroso chefe de família – refletia – era necessário que o misterioso delito fosse desvendado o mais depressa possível. E sabia que, a partir de então, não teria um minuto de paz, enquanto tal não sucedesse.

O moço se encontrava envolvido pelas conjecturas, quando Ernesto, empunhando uma folha de papel, entrou na sala.

— Cheguei atrasado, pessoal?

— Não Ernesto – disse Mercedes – sente-se conosco para acompanhar-nos em uma xícara de chá!

— Aceito de bom grado, respondeu amistoso o ex-escravo.

Com um sorriso largo, sentou-se junto aos demais e começou a discorrer a respeito do entusiasmo do qual se encontrava possuído, em razão dos novos conhecimentos que estava adquirindo.

— Estou animado com as lições.

— Parabéns, Ernesto – disse o visitante ainda tomado de mal-estar.

— Obrigado, Jeziel – respondeu, sob as atenções de surpresa das moradoras que nunca o viram tão gentil.

— Estás tão feliz! – observou Mercedes.

Juntos no Infinito

– Sim! Um dos motivos é meu aprendizado, e o outro é uma nova decisão que tomei!

– Diz-nos, qual é essa nova decisão, Ernesto? – indagou a jovem.

– Aprender música, e, a propósito, Jeziel, não terá por acaso um instrumento que me possas emprestar?

– No momento, não, Ernesto, pois minha cítara se quebrou!

– Que pena, meu querido – lamentou Mercedes – tinhas verdadeira adoração por aquele instrumento.

– Adoração! Não é bem o termo! – exclamou o ex-escravo. – Jeziel devia ter verdadeira loucura por aquela cítara, pois fiquei sabendo...

Interrompeu-se propositalmente.

– Sabendo o quê? – perguntou Mercedes.

– Que os dois escravos que a quebraram foram mortos por Jeziel, e o seu ódio foi tanto que ele nem mesmo permitiu o sepultamento de seus corpos na propriedade de Antônio Castro.

A afirmação de Ernesto explodiu como uma bomba no ambiente. Jeziel ficou atarantado, e as duas mulheres não sabiam o que dizer. O acusado debruçou a cabeça sobre os braços que se apoiavam na mesa e, entre a dor e a revolta, protestou:

– Chega de calúnias, eu não matei ninguém!

Os demais se olhavam absortos. Mercedes e Jaci, sem conseguirem concatenar as ideias, entregaram-se a desesperado pranto.

– Guaraci, naquele momento, estaria pagando por um crime cometido por Jeziel, e essa injustiça teria de ser reparada – pensavam elas.

Naquele instante de cismas e angústias, o jovem encontrava-se desprovido de qualquer iniciativa que pudesse inocentá-lo; ergueu-se, trêmulo, e, qual o desterrado que se vê obrigado a deixar a mulher adorada, despediu-se.

– Até um dia! Só te peço minha querida, que não agasalhes, demasiadamente, no coração esses farrapos mentirosos que acabaste de ouvir. Por enquanto, quase nada poderei adiantar, a não ser os protestos de minha inocência!

Com as mãos entre os cabelos, em desalinho, Mercedes chorava copiosamente, enquanto Jeziel saía porta afora.

O ex-escravo, na realidade, não planejara acusar de pronto o filho do capitão, entretanto, uma força "inexplicável" o impeliu a dizer, de uma só vez, o que ele pretendia revelar aos poucos, lançando em gotas o seu veneno.

A confissão

Com o adiantado das horas, Charlot deixara a casa de socorro para se dirigir ao trabalho noturno na cantina.

Marcos e Evaristo conversavam junto à tribuna, quando se aproximou Catarina.

– Hoje, infelizmente, não poderei participar do momento de oração – disse a moça – pois uma velha amiga me espera, para que nós possamos comemorar o aniversário de seu primogênito.

– Oraremos por ti – disse Evaristo, com carinho, entretanto – receio que Eustáquio venha à tua procura.

– Acredito que meu atraso seja pequeno, penso retornar em tempo.

Despediu-se Catarina, deixando os dois amigos para que retomassem o diálogo.

– Mariazinha nunca reclamou comigo – alegava Evaristo – contudo, tenho notado em seus olhos um quê de tristeza nos últimos dias.

– Acredito que seja o excesso de trabalho – considerou Marcos. Ela tem se dedicado, ao extremo, às tarefas.

– Sabes, quanto eu, Marcos, que a tua noiva se realiza nas tarefas e recompõe as próprias energias de uma forma admirável.

– Então, Evaristo, ao que atribuis essa melancolia?

– Querido amigo! Longe de mim a pretensão de interferir em assuntos de ordem particular. No entanto, rogo-te especial atenção, averiguando se a verdadeira causa não seja o estreito relacionamento entre ti e Charlot?

– Acho que não! – discordou Marcos. Mariazinha tem me tratado com o carinho de sempre. A prova disso reside nas atenções que continua a dedicar-me!

– Marcos – asseverou Evaristo – recentemente, em conversação amistosa com os nossos tarefeiros, procurei lembrar-lhes a necessidade de um esforço conjunto em prol da verdadeira união, pois, naquela fase, forças intangíveis se acercavam de nosso ambiente com o intuito de desagregar-nos.

– Vivíamos, até então, sustentados por saudável equilíbrio, já que as nossas mentes, voltadas para as tarefas e os bons propósitos de amizade, estabeleciam esse clima.

Juntos no Infinito

— Recorda-te, bom amigo – prosseguiu o tribuno – que a insistência das sombras se materializou, infiltrando-se nas dependências do nosso templo, atentando contra a vida de pessoas que oravam?

— Pois bem! – continuou. As sombras não lograram o seu cruel intento, porque encontraram o sol do Cristo nos corações dos cooperadores e afastaram-se, aguardando novas oportunidades!

— Achas, de fato, que o desentendimento entre os cooperadores poderá atrair conflitos para as lides do templo? – interrogou Marcos.

— Exatamente! Nebulosas contendas dão guarida às trevas! É importante ressaltar que não somente as casas de socorro ou núcleos de orações estão sujeitos a essas desventuras, mas também os domicílios particulares, onde convive um número limitado de pessoas.

— Nos lares em que pais e filhos se digladiam pode ser que permaneça o pão, sustentando a vida, entretanto, com a ausência do amor a felicidade irá embora!

— Essas referências se originam das premonições que tenho vivido, e me preocupam sobremaneira. Procura resguardar-se, querido amigo, valendo-se do cabedal de conhecimento que possuis, para que todos nós, ao invés de virmos a lamentar uma possível derrocada, possamos brindar a tua felicidade.

— Tu estás me assustando, Evaristo?

— Estou te alertando, querido irmão. O caminho certo é o saudável, porque está sempre iluminado pelas nossas consciências, enquanto o incerto, geralmente, é palmilhado com uma venda nos olhos, levando-nos para o abismo.

– Creio saber qual o melhor caminho! – retrucou Marcos.

– Todos o sabem, entretanto, para visualizá-lo, é importante que se retire a venda dos olhos!

O enfermeiro tinha consciência da autoridade moral do tribuno, mas não estava interessado em dobrar-se às evidências, por isso, desferiu-lhe irônica observação:

– Evaristo, tu pretendes salvar o mundo?

– Sim, meu irmão, iniciando pela nossa casa e pelos nossos amigos!

Tomado de irritação, Marcos afastou-se, negando-se a prosseguir no diálogo. Evaristo limitou-se a observar o amigo que se retirava contrafeito. O tribuno ainda permaneceu no local. Estava tão envolvido pelas reflexões que não pressentiu a aproximação do novo aluno.

– Senhor Evaristo!

– Ah... Pois não... Leocádio? Desculpa-me, estava distraído!

– Tenho acompanhado as aulas – disse sem rodeios o escravo – e acabei por me interessar pelos trabalhos da casa, como o fim da tarde me deixa livre para cooperar no que fosse necessário.

Juntos no Infinito

O tribuno mirou com serenidade os olhos do cativo, na tentativa de lhe adivinhar os propósitos, e notou o brilho de outras intenções, mas resolveu aceitar.

– Tudo bem, Leocádio, a tua oferta veio a calhar! Nos instantes em que precedem a oração, necessitamos de braços fortes que nos auxiliem na remoção dos enfermos que são colocados no templo, mas somente aceitaremos essa proposta mediante uma condição!

– Qual é a exigência? – perguntou, desconfiado.

– Que após esse esforço, participes, conosco, do momento da prece.

O escravo respirou, aliviado, e concordou.

– Então, devemo-nos apressar – alertou Evaristo. Estamos em cima da hora, pois Arsênio e Mariazinha já iniciaram o pesado trabalho.

Auxiliados por Leocádio, os antigos cooperadores tomavam as devidas providências na acomodação dos enfermos no salão do templo, no entanto, o enfermeiro Marcos, após tomar o seu banho e vestir-se apropriadamente, passou cabisbaixo por entre eles e saiu porta afora, sem dizer uma única palavra.

Caminhando vagarosamente pelas ruelas de Alfama, o enfermeiro meditava acerca das ponderações de Evaristo. Sua mente, naquele momento, fervilhava de indecisões. Mariazinha ofertava-lhe ternura e segurança. Dotada de bondade e compreensão, estabelecia com o seu sorriso um clima de bem-aventurança por onde passava. – Qual o homem, na Terra, usufruindo de sã consciência teria a coragem de menosprezar os seus valores?

– No entanto – pensava ele, aparecera Charlot com toda a formosura a lhe inquietar os sentidos. O calor do hálito de Charlot e o penetrante perfume que emanava de sua presença promoviam intensa ansiedade no jovem coração de Marcos.

Sua ideia era prosseguir caminhando, sem rumo. Naquela noite, o bairro seria pequeno para o notívago. Entretanto, quando deu por si, encontrava-se diante da cantina, onde Charlot parecia esperá-lo, cantando sua canção preferida.

Ao entrar, esbarrou em uma jovem mulher que saía, às pressas.

– Catarina! Que fazes por aqui?

– Marcos! – tergiversou – passei... Para... Cumprimentar... Charlot.

– Eu também! – exclamou o moço.

– Por acaso, viste Eustáquio nas dependências do templo?

– Não, até o momento de minha saída ele não se encontrava.

– Obrigada! Seguirei para lá imediatamente!

Despediram-se, e Marcos, adentrando à casa

Juntos no Infinito

noturna, reconheceu Castro no reservado costumeiro, dirigindo-se até ele para conversar.

Na manhã seguinte, a movimentação era intensa no presídio de Sezimbra. O pessoal da limpeza jogava repetidas vasilhas d'água nos corredores.

Guaraci, com o coração enfraquecido, receava não suportar a clausura por mais tempo. Meditava no porquê de tamanha injustiça, quando o carcereiro retirou a tranca da cela e anunciou:

— Estás livre! Podes voltar para a tua casa!

O prisioneiro, vendo a porta aberta por detrás do policial, ofegante, perguntou:

— Falas sério?

— Sim, o criminoso verdadeiro acabou de confessar!

— De quem se trata? – indagou entre surpreso e angustiado.

— Por enquanto, nada posso te adiantar, pois o réu ainda presta declarações, e, como o teu caso se encontra sob a tutela do governador, o oficial comandante houve por bem libertar-te imediatamente! Recolhe os teus pertences e boa sorte!

— Como partirei sem dispor de uma condução?

— Um animal de nossa cavalariça aguarda-te no pátio!

Ainda sem acreditar no que estava ocorrendo, Guaraci ganhou o corredor e saiu respirando, novamente, o ar da liberdade.

Preparava a montaria, quando um oficial se aproximou, interrogando:

— O que estás fazendo?

— Retornando ao meu lar! – respondeu, satisfeito o liberto.

— Como assim, se ainda não cumpriste a centésima parte da pena?

— Acontece que fui vítima de um terrível engano!

— Como pode ser engano – retrucou o homem, alterando a voz – se foste pilhado construindo um cemitério em teu sítio?

Guaraci, estranhando como aquele homem desconhecido expunha a causa de sua prisão, indagou:

— Como te chamas?

— Hermes, ex-comandante desta penitenciária.

— Se não mais pertences ao quadro efetivo de comando, como te reportas ao meu caso com tanta familiaridade?

— Saí, temporariamente, da superintendência, contudo, meus antigos imediatos dispensam-me fidelidade, colocando-me a par de tudo o que sucede!

Juntos no Infinito

– Bem! – disse Guaraci. Desculpa-me a pressa, mas a viagem é longa e tenho de partir.

O oficial coçou o rosto, ocultando o malicioso sorriso e disse com ironia:

– Leva minhas recomendações ao Ernesto; aquele rapaz tem futuro!

Guaraci admirou-se pelo fato do ex-comandante mencionar o filho de Bento, amistosamente, contudo, o que o absorvia naquele momento era o desejo do retorno ao lar.

Castro, fazendo-se acompanhar pelos homens, vasculhava toda a gleba e não conseguia localizar Jeziel. Já tinha se decidido a procurá-lo pelas cercanias quando Anacleto, o serviçal de Guaraci, aproximou-se, dizendo:

– Encontrei-me com Jeziel na estrada, durante a madrugada.

– Que direção ele tomou? – inquiriu raivoso o capitão.

– Seguia rumo à cidade! – respondeu.

– Será que o fedelho foi novamente se alojar na casa dos bruxos? – arriscou Castro. Se isso aconteceu, "muita palha vai queimar".

– Acredito que não – opinou Fernando, o capataz – caso contrário, teria levado suas roupas.

– Está bem, pessoal! Dispersem-se e cada um

para o seu trabalho! – ordenou o capitão.

Os serviçais se afastaram, ficando somente Anacleto e Fernando ao lado de Castro.

– Você também pode ser retirar – disse o capitão, dirigindo-se ao capataz – eu preciso ter uma conversa em particular com Anacleto.

Fernando afastou-se, desconfiado e ciumento. Até então, Castro nada lhe ocultara. – O que estaria acontecendo? – perguntava-se. Será que Anacleto conhecia a verdadeira versão acerca da eliminação dos escravos?

Naquele momento, Charlot e Catarina, conduzidas em luxuosa carruagem, atravessavam a cancela principal do sítio e dirigiram-se à casa-grande.

– Achas que valerá a pena? – perguntou Catarina.

– Não tenho dúvida nenhuma a esse respeito! – exclamou Charlot. O capitão nunca realizou algo para perder, e se conseguir fazer com que o templo caia em desgraça pública, o governo o tomará, colocando-o, em seguida, à disposição do primeiro pretendente.

– E quanto a Marcos, acaso não te preocupas que corra sério perigo de vida?

– Somente concordei com o plano depois de me certificar de sua disposição em se transferir para a França! O que lamento é minha necessidade de permanecer em Portugal, até que o fato se consuma.

Juntos no Infinito

Logo que se despediu de Anacleto, Antônio Castro encaminhou-se até onde se encontravam as duas mulheres, para discutir detalhes do combinado.

– Entremos imediatamente – apressou Castro – não quero testemunhas inoportunas. Neste sítio, os serviçais têm olhos de coruja!

Depois de acomodados no amplo caramanchão, Catarina, após tomar um gole d'água perguntou:

– Antes mesmo de me certificar das atribuições que me competem nessa trama, desejo saber qual será minha vantagem em tudo isso?

– Metade do templo será meu – disse o capitão, taxativo, e a outra metade será dividida entre vocês duas.

– E quanto ao Fernando, não ficará aborrecido? – alertou Charlot.

– O meu capataz já abriu mão de sua parte, e depois o nosso trato se referia à tentativa anterior, que acabou não surtindo efeito.

O capitão estendeu-se em explicações atinentes à necessidade de sigilo quanto aos detalhes do plano a ser exposto, até que, entediando-se, exclamou:

– Bem, vamos ao que interessa! O primeiro passo será...

Antes mesmo de terminar a frase, o capitão dirigiu-se até a porta para trancá-la devidamente.

Quatro horas depois, Guaraci finalmente chegara a casa. Todo empoeirado, a face suarenta, apeou do cavalo e caiu nos braços de Jaci e Mercedes que não cabiam em si de contentamento.

Ainda sentindo os efeitos do cansaço e da emoção, Guaraci jogou-se na cadeira e, respirando profundamente, desabafou:

— Espero em Deus nunca mais ter de passar por tamanha desonra!

— Conte-nos acerca de sua libertação, papai! — disse a filha entre sorrisos.

— Temia não suportar mais um dia de clausura, quando o carcereiro me libertou sob a alegação de que o verdadeiro culpado havia confessado o crime.

Jaci, percebendo a reação da filha, dela se aproximou, enlaçando-a.

Mercedes, após tentar esboçar uma palavra, entregou-se ao pranto convulsivo. Guaraci, sem compreender o que se passava, consolou:

— Acalma-te, minha filha, agora está tudo bem! Teu velho pai retornou e nunca mais nos separaremos! Unidos rogaremos a Deus que desperte a consciência do criminoso, que não tive a oportunidade de conhecer!

— É Jeziel, papai! — disse inconsolável. Gostaria de poder neste momento comemorar com o senhor e com mamãe as alegrias de seu retorno, entretanto, se uma parte de meu coração se encheu de luzes, a outra se encontra apunhalada pela tristeza.

Guaraci ouvia boquiaberto as explicações da esposa e da filha, que não se continha.

– Diga-me, papai! Como posso amar tanto um assassino! Às vezes, tento odiá-lo, mas não consigo. Meus pensamentos incitam-me a afastá-lo, enquanto o coração me intima a aceitá-lo.

– Jeziel, por favor! Saia de dentro de minh'alma e deixa-me viver um pouco! Esse amor está me levando à loucura!... Mamãe, me ajude pelo amor de Deus!

Jaci e Guaraci tentavam consolar a filha, mas, ao vê-la entregue ao desespero, também não resistiram e puseram-se a chorar.

– U que ta assucedeno? – indagou Gerenciana, ao ver Guaraci na casa...

Sortaro u poltrâozinho i suncêis nu lugá di festa si aperreia? Eu di minhas parte dô graça pra nosso sinhô Jesus Cristo. Quero vê tudus desta casa si alegra. Viu sinhazinhas! A parti di agora vô arrecitá as oração di asgardecimento.

A negra falava da necessidade de alegria e dos seus olhos brotavam lágrimas de emoção. De mãos contritas e a fronte voltada para o alto, orou:

Sinhô di tudus us sinhores
Nossa armas cumuvida

Álvaro Basile Portughesi / Euzébio

Ti asgardecemo estar flores
Qui si infeitam nossa vida!

Onti a dor e a tremura
Castigava nossas arma
Hoji u carinho i a ternura
Nus visita e nus acarma!

Vortô nosso anjo bendito
Adispois du vôo da tristeza
Ondi os homi sem justeza
Num atendeu u nosso aflito

Eu a nega asgardecida
Cunfesso pra Deus que vi
U choro da sinhazinha quirida
I da nossa poltrona Jaci

Dexa meu Sinhô da bondade
Dono do mundo interinho
Qui só acunteça filicidadi
Pra tudus meu sinhozinho.

Juntos no Infinito

A interferência de Gerenciana caiu como um bálsamo sobre as almas das três criaturas. A calma voltou a reinar, e Guaraci, saudoso daquelas paisagens, caminhou até a varanda, para admirar o sol que se punha nas colinas.

Nos limites do sítio...

— A coisa está ficando brava pro meu lado, e eu não estou gostando.

— O que está acontecendo, agora, Fernando?

— Repara a injustiça, Ernesto. O capitão só tem me cobrado os deveres, nem de longe toca nos meus direitos.

— Como assim?

— Ele me incumbiu de contratar os trinta jagunços que vão fazer o "serviço" no templo. A preparação das armas ficou sob minha responsabilidade, e, se não bastasse tudo isso, ainda me intimou a providenciar o veneno que Catarina utilizará para eliminar os doentes e as filhas do Eustáquio!

— Catarina!? — surpreendeu-se Ernesto.

— Sim! — confirmou o capataz. Ela é a nova contratada do capitão.

— E se essa mulher não tiver coragem de realizar o "serviço", a coisa não poderá ficar pela metade!

— Quanto a isso não há o menor perigo, porque Leocádio e Anacleto estarão vigiando os passos de Catarina na ocasião.

– Anacleto?

– Também esse está interessado em receber o seu quinhão!...

– E qual será o papel de Charlot no atentado? – indagou o ex-escravo.

– Ah! Essa, como é dodói do patrão, não poderá correr risco de vida e ficará aguardando na carruagem defronte ao templo, para garantir a fuga dos jagunços.

– Uma carruagem não será o bastante para transportar tantos homens! – observou Ernesto.

– Serão duas carruagens! O capitão comandará uma.

– Ah! Então o Castro também ficará à espera enquanto os outros se matam!?

– Exatamente! – confirmou o capataz. E há outro detalhe; uma parte dos homens entrará no templo, quinze minutos antes, e se posicionará em pontos estratégicos na plateia. Esses se encarregarão de iniciar a confusão e depois é só esperar a "turma do deixa disso", que será abatida sem mesmo saber o porquê.

– Escapou um detalhe – advertiu o ex-escravo. Hoje, a casa de socorro conta com considerável número de cooperadores que poderão oferecer resistência, principalmente os libertos que recebem instruções de

Álvaro Basile Portughesi / Euzébio

Viva a nossa companheira

Que o senhor da vida, um dia,

Entre sorrisos de alegria

Nos ofertou pra vida inteira...

Ela é um anjo de carinha

Que nas asas da ternura

Transporta nossa ventura

E aporta o bom caminho...

Por tanto amor e bondade

Que ela traz no coração

Rogamos com emoção

Que viva uma eternidade...

Enquanto cantavam, chegou Eustáquio que, emocionado, uniu-se aos demais.

Encerrada a homenagem, o assessor do governador perguntou:

– Quem é o autor desse poema?

– Foi Evaristo quem o fez – adiantou-se Mariazinha. E durante três dias vem ensaiando com seus alunos.

– Então, foi feito exclusivamente para mim? – admirou-se Catarina.

Juntos no Infinito

– Os teus mistérios de ultimamente me assustam. Confesso que nunca te observei tão reticente. Às vezes, começas a discorrer acerca de determinado assunto e parece que te arrependes de tê-lo iniciado, interrompendo-o em seguida!

– Impressão tua Eleutéria.

– Mamãe! – chamou a menina.

– Dize Fabrícia!

– Priscila prendeu o pé na travessa da cama e está dependurada de cabeça para baixo!

– Meu Deus do céu! – acorreu Catarina. Essas meninas não me dão sossego!

A jovem mulher, estugando o passo, entrou no quarto e não vendo Priscila chamou a atenção de Fabrícia, que sorria.

– Onde está a tua irmã, menina? Já aprendeste a mentir?

De repente um pequeno vulto surge de trás da porta; era Priscila que, empunhando uma flor, disse sorrindo:

– Feliz aniversário, mamãe!

Nesse instante, o quarto ficou pequeno para tanta gente. Marcos, Mariazinha, Arsênio, Evaristo, Eleutéria, Leocádio e outros escravos se aproximaram da aniversariante e puseram-se a cantar:

– Minha boca será um túmulo! – prometeu Fernando.

Leocádio, ladeado por uma dezena de escravos, removia os pacientes para o local onde se efetuaria a oração da noite. Marcos e Arsênio ainda ministravam os remédios necessários em favor dos assistidos, enquanto Evaristo e Mariazinha providenciavam a lista dos provimentos.

Eleutéria e Catarina davam o trato final à cozinha.

– Fabrícia e Priscila reclamaram a tua ausência nesta manhã – disse Eleutéria.

– Também senti a falta delas, mas, infelizmente fui obrigada a sair.

– Essas meninas se apegaram a ti de uma forma que receio sobre o dia em que terão de partir.

– Nunca partirão! – afirmou Catarina.

– Eu também gostaria que tal não sucedesse, entretanto Eustáquio manifestou o desejo de tê-las por perto, em uma casa próxima ao palácio.

– É um direito que ele tem de pensar assim, contudo, às vezes, determinados sonhos acabam não se realizando.

– Por que falas com tanta convicção?

– Deve ser premonição!

Juntos no Infinito

Evaristo; esses costumam cooperar na casa até o fim do expediente.

— Tudo está previsto, meu caro amigo! — gabou-se o capataz. Acontece que Catarina também servirá um delicioso chá com uma boa dose de sonífero, que os manterá adormecidos até que a polícia os surpreenda com as armas que serão colocadas em suas mãos.

— Perfeito, Nando! Estou vibrando só em pensar no estrago! E quando vai ser a queda da masmorra?

— Que masmorra, rapaz?

— Qual vai ser o dia do ataque?

— Até o dia foi bem escolhido. Será a vinte e três de dezembro.

— Por que bem escolhido? — estranhou Ernesto.

— Dizem que nessa ocasião, que antecede o Natal, as pessoas ficam mais sensíveis, portanto, o escândalo terá maior repercussão, arrasando a reputação da casa de socorro.

O capataz, depois de breve silêncio, olhou seriamente para o ex-cativo e asseverou:

— Todo o sucesso do plano depende de ti, negro de uma figa!

— Pode ficar tranquilo, farei a minha parte, mas não te esqueças de que somente tu, o comandante Hermes e o capitão sabem da minha atribuição.

– Sim! – disse Mariazinha. Sempre que alguém aniversaria Evaristo procura retratar em versos a alma da pessoa homenageada.

– Então! – interferiu Eustáquio. Como o nosso Evaristo acertou mais uma vez quanto à grandeza de alguém, rogo-lhe que me conceda a cópia do poema, pois o guardarei para uma nova ocasião.

O tribuno estendeu o escrito para Eustáquio que o guardou com carinho.

Leocádio, que a tudo observava, aproximou-se de Catarina e murmurou:

– Se o pessoal soubesse!...

– Cala-te! Agora não é hora de falar dessas coisas!

Marcos, sem se dar conta, colocou o braço sobre os ombros de Mariazinha.

– Sentirei saudades destes momentos – disse o enfermeiro. Nossa família está crescendo. E parece que a amizade também.

– Nós também sentiremos tua falta, meu querido. Esperar-te-ei, contando os dias, e, quando regressares, quero abrir as portas desta casa com a esperança de que nunca mais tenhas a necessidade de te afastar!

– Mariazinha! – observou Marcos. Não acredito que eu seja merecedor de pertencer a este lar. Eu tenho vivido constantes instabilidades emocionais e desloco-me a tal ponto deste clima amigo que, às vezes, chego a ter a viva impressão de que sou um estrangeiro nesta casa.

— Marcos, meu amor! — retrucou Mariazinha. Todos aqui nos encontramos, por algum motivo muito especial, procurando vencer as próprias limitações. Acaso pensas que, quando um enfermo recebe de tuas mãos a gota de carinho, não estás igualmente recebendo o remédio para os teus males?

Perto da luz, infelizmente, ainda somos estrangeiros, contudo, que seria das mariposas se lhes fosse negado o direito de saírem das sombras em busca de luminosidade?

— Aprovas, realmente, minha atual conduta?

— Tanto quanto recebes a provação de tua consciência, que não pretende fustigar-te, mas, sim, estender-te a mão, para que possas alcançar o direito à felicidade!

Insatisfeito, Marcos obtemperou:

— Não é possível! Não sei qual a força que te proíbe Mariazinha, de recriminar-me?

— É a força da razão, Marcos! Se eu pretendesse satisfazer unicamente aos próprios anseios, tudo faria para te manter ao meu lado, persuadindo-te, porém o que conta acima de meus interesses é a felicidade que a tua alma deseja, conquista que somente será alcançada por alguém que caminhou não por quem foi arrastado.

Quando perceberam, estavam a sós nos aposentos de Catarina. Marcos, sentindo o calor das faces de Mariazinha, roçou-a com os lábios, até se entregarem ao beijo ardoroso.

— Amo-te muito, Marcos.

— Sinto-me ligado a ti por uma forma inexplicável, Mariazinha!

— Dize que tu me amas Marcos.

— Adoro-te, minha querida!

— Marcos, cuidado! Não faças algo de que venhas arrepender-te...

— Estou louco por ti!...

Defronte à residência de Antônio Castro...

— Não me digas uma loucura dessas, Anacleto!

— Sim, é verdade capitão. Segundo o ex-comandante me informou, Jeziel se entregou e confessou tudo. Guaraci foi libertado e já se encontra no sítio!

— Maldito! Se pensa que vai ficar assim está muito enganado. Eu posso perder a minha propriedade para o governo, mas ele vai se arrepender de ter saído da prisão!

— Ele foi libertado porque Jeziel resolveu se entregar – argumentou Anacleto.

— Foi coagido! Disso eu tenho certeza – falou o capitão com expressão de ódio. Aquela rapariga o forçou a tomar tal decisão. Mas eu vou dar um jeito nisso!

— O que pretende fazer, capitão? Qualquer reação de sua parte poderá chamar a atenção das autoridades!

— É muito fácil, Anacleto, basta que arranjes uma forma de atrair o maldito até à casa dos bruxos, precisamente na noite da invasão! O resto deixa por minha conta!

— Eu tomarei a providência, pode tranquilizar-se, capitão.

— Sim, faze isso, porém ninguém deverá saber do nosso trato, principalmente o negro Ernesto, que está arrastando asas para a rapariga!

— Ah! Antes que me esqueça, capitão, o comandante Hermes aguarda-o ainda hoje, na cantina, e solicitou para que não falte a esse encontro, pois, segundo me informou, deseja discutir com o senhor algo muito importante.

Antônio Castro, depois de se vestir com esmero, dirigiu-se até o velho bairro onde o ex-comandante o aguardava. Charlot, nos bastidores, preparava-se para o espetáculo, com a ajuda da nova auxiliar que dizia:

— Ela sempre foi minha amiga! Eu e Catarina fazíamos muito sucesso em Algarve. Nossas noitadas emendavam-se com o sol da manhã. Depois, tomou-se de amores por um nobre solteiro que, em razão de grave enfermidade, veio a falecer.

— Era voz corrente, no lugarejo, que Catarina

abreviara a morte do amante para se apossar da vinha que ele possuía; o que me custa a crer, pois, pelo que me consta, ela o amava verdadeiramente.

— Tens certeza? – ironizou Charlot.

— É o que deduzo! – exclamou a auxiliar. Mas, afinal, por que me interrogas tanto a respeito do comportamento de Catarina?

— Estamos juntas numa jogada decisiva e quero saber com quem estou lidando.

— Quanto à sua lealdade podes ficar tranquila!

— Assim espero.

Charlot entrou em cena debaixo de calorosa salva de palmas. Iniciou a noite com a canção preferida de Marcos. Relanceou o olhar na esperança de encontrá-lo em meio ao público, mas o rapaz não havia chegado.

Antônio Castro e o ex-comandante Hermes dialogavam em mesa próxima ao palco. O policial explicava:

— Os carcereiros de minha confiança estarão a serviço no dia da evasão; receiam tomar parte diretamente quanto à entrega de chaves, mas se dispuseram a facilitar o trabalho.

— Providenciarei para que Ernesto lá esteja na hora aprazada, ajuntou o capitão, entretanto, receio que, à medida que o negro for distribuindo as chaves, os detentos se precipitem com a fuga, gerando a impossibilidade de uma evasão em massa.

— Solicitei a tua vinda nesta noite exatamente para instruir-te quanto ao horário que devem ser distribuídas as chaves. O portão forte é aberto às seis da tarde, quando os familiares dos detentos entram para visitá-los. Sem que o grande portão se abra, é impossível qualquer tentativa de fuga, portanto, a atuação do Ernesto terá de se efetuar uma hora antes.

— De que maneira o escravo entrará no presídio? — lembrou Castro.

— É de costume que esmoleiros e portadores de deficiências físicas prestem serviços de limpeza no pátio e nos corredores, em troca de alimentos. Será tudo muito fácil.

— Depois, o atual comandante cairá em desgraça e será substituído. Quem sabe, poderás retomar o posto?

— Mesmo que eu não consiga ser reempossado, o oficial mais indicado, no momento, para assumir é um dos nossos. E o que tudo indica a casa dos bruxos acabará por te pertencer, pois, a direção do presídio é que dará a palavra final em relação ao confisco.

Os dois homens bebiam e tramavam, enquanto Charlot, mesmo tentando esboçar o sorriso durante a apresentação de seu número musical, não conseguia ocultar a sua irritação pelo fato de Marcos não haver comparecido à cantina.

A madrugada ia alta; Charlot suava de ódio. Enquanto cantava, pensava estar amargando a primeira derrota em seu jogo amoroso. Foi quando a porta de entrada da cantina abriu-se e surgiu Marcos, endereçando-lhe um grande sorriso.

A carta de Marcos

O sol ainda não despontara de todo. O vento sussurrava nas folhas, gélido, quando Arsênio despertou com leves toques na porta do templo e levantou-se para atender.

– Catarina?! Não dormiste aqui esta noite?

– Não, Arsênio; estive reunida com alguns amigos e, ao longo da conversa, fiquei sabendo da prisão de Jeziel; como me encontrava sem sono, resolvi dar um pulo até Sezimbra, para visitá-lo!

– Jeziel preso!

– Sim, foi enquadrado em duplo homicídio, e a coisa complicou-se.

Enquanto Arsênio preparava o café, Catarina explicava, com detalhes, o ocorrido com o ex-cooperador do templo.

– Por que será que Eustáquio não nos informou a respeito da detenção do rapaz?

— Eustáquio assessora o governador, limitando-se às atribuições do palácio, enquanto o interventor cuida do presídio.

— E quem te colocou a par desse desagradável acontecimento?

— Foi o ex-comandante Hermes; encontrei-o por acaso em Alfama.

Arsênio, notando o desconforto de Catarina, que tomava o café sustentando um pequeno embrulho, prontificou-se a ajudá-la.

— Não, obrigada! O pacote é leve; trata-se de um chá especial para a cura de dores de cabeça.

Dizendo isso, a mulher apressou-se, levando o embrulho consigo. Descansaria duas horas. Fez menção em colocar o pequeno volume na prateleira.

— É presente para mim, mamãe? – perguntou Priscila, ao acordar.

— Não, minha filha. É um chá que mamãe comprou.

— Pra mim e pra Fabrícia?

— É, minha filha! Agora dorme, porque ainda é muito cedo.

Na cozinha, Mariazinha e Evaristo comentavam acerca dos afazeres do dia. Notando a introspecção do amigo, observou:

Juntos no Infinito

— Estás preocupado com algo?

— Sim, estou. Nossa casa, atualmente, alberga quarenta pacientes, entre os quais a grande maioria demandará um tempo considerável para a total recuperação.

— Pensas na partida de Marcos?

— Exatamente! O maior receio é que Arsênio não suporte sozinho tamanha carga de compromissos.

— Temos Charlot que está ganhando experiência nessa área! – arriscou Mariazinha.

— Charlot... – interrompeu-se Evaristo.

— Podes dizer amigo! – afirmou com sinceridade a jovem. Eu também gostaria que ela permanecesse na tarefa, mesmo depois da partida de Marcos, mas confesso que igualmente padeço dessa dúvida.

— Por isso – asseverou o tribuno – necessitamos colocar alguém em treinamento com urgência!

— Quem nós colocaremos? – perguntou Mariazinha.

— Que tal a nossa Catarina?

— Ótimo! Bem pensado, Evaristo, tenho certeza de uma coisa: – A nossa companheira dedicar-se-á ao máximo!

Ao lado de Marcos e Charlot, Catarina muito se empenhava no trabalho de assistência aos enfermos. Com determinação, implantou novas alterações e, com o consentimento de Marcos, sob a alegação de um melhor relaxamento, instituiu o serviço de chá em favor dos doentes e dos cooperadores nos minutos que antecediam a oração noturna.

Na casa de socorro, até mesmo velhos e crianças, que conseguiam locomover-se em razão das melhoras adquiridas, passavam a cooperar com os enfermos em estado de letargia, na substituição de suas vestimentas, ou servindo alimentação para os impossibilitados de qualquer movimento.

Há muito tempo que o "Nosso Novo Caminho" deixara de ser simplesmente um núcleo de recuperação física, pois, enquanto os enfermeiros cuidavam das deficiências orgânicas, Evaristo e Mariazinha se acercavam do albergados para conhecer-lhes as mazelas interiores.

Voltando suas atenções para a mulher recém--internada, o grupo dela se aproximou.

— Como tu estás agora, Lucélia? — indagou Mariazinha.

— Ainda me sinto bastante fraca, e se não fossem os cuidados do senhor Arsênio, acredito que não teria suportado desta vez.

— Já tiveste outras crises? — perguntou Evaristo, acariciando os cabelos grisalhos da mulher.

— Depois que meu esposo faleceu, o que conta três anos, aproximadamente, eu tenho vivido em constantes desequilíbrios.

— Conheci um homem há cerca de dez anos; mesmo sabendo ele da minha condição de mulher casada, passou a me fazer a corte. No início, tentei desvencilhar-me, mas Aparício, dizendo-se apaixonado, tanto insistiu que acabei por ceder aos seus carinhos.

— Com o passar do tempo, deixei de cuidar do meu lar e fui me afastando, cada vez mais, de meu marido que, sentindo-se desprezado, entregou-se à bebida, abandonou o trabalho, e durante esse período adoeceu, vindo a falecer em seguida.

— A partir daí, minha vida virou um inferno. Eu, que até então só bebera socialmente, acabei fazendo da cantina o meu refúgio. Nos delírios alcoólicos, defronto-me até hoje com o fantasma de meu marido a beijar-me a boca com volúpia, como se estivesse sugando-me!

— E Aparício, onde se encontra? — perguntou o tribuno.

— Depois de me acompanhar por longo tempo nessa vida destrambelhada, hoje caminha pelas ruas como um andarilho, dando socos no ar, dizendo que está lutando contra o meu esposo.

O tribuno, depois de dirigir o olhar significativo para a companheira que o auxiliava, colocou a destra sobre a fronte da enferma, dizendo:

— Procura orar, constantemente, em favor do falecido e não permitas que qualquer pensamento malsão se interponha entre ambos.

– Como assim? – estranhou a mulher.

– Quando embalamos com carinho uma criança enferma, a possibilidade de que adormeça é bem maior do que quando a sacudimos! Portanto, se desejas ganhar um pouco de paz, com a ausência de choros e gritos, que até então visitam teus ouvidos, usa a ternura.

Mariazinha, aguçando sua atenção nos traços de Lucélia, indagou:

– Eu não te conheço de alguma parte?

– Sim! – respondeu a mulher. Recordas-te de uma noite na "Cantina dos Navegantes", em que te fazias acompanhar do enfermeiro que aqui trabalha?

– De fato! Estivemos nessa cantina recentemente.

– A mulher que sustentava o cesto de flores era eu!

– Lucélia! Então és amiga de Charlot!? – exclamou a cooperadora.

– Amiga, propriamente, não! E sim companheira de tarefa. E devo adverti-los de que tanto Charlot, quanto Catarina, que se dizem afeiçoadas a esta casa, não são dignas de confiança!

– Catarina! – surpreendeu-se Mariazinha, voltando-se para Evaristo, que mordia o lábio inferior.

– Sim! Principalmente essa que se tem arvorado em dedicação. Procurem ficar alertas, pois se trata de uma serpente, que, por enquanto, está bailando graciosamente, para depois dar o bote!

— Em que a senhora se baseia, para fazer semelhante afirmação? – insistiu Mariazinha.

— Ela tem se reunido, constantemente, com a cantora, Antônio Castro e o ex-comandante Hermes, com o propósito de retirar alguma vantagem desta casa. Não posso informá-los, exatamente, do que se trata, mas o nome da instituição tem vindo à baila repetidamente.

Evaristo e a companheira estavam perplexos, mas se limitaram ao silêncio, em virtude da aproximação de Catarina, que trazia na mão uma xícara com remédio.

— Como está, Lucélia?

— Que bebida é essa? – perguntou secamente a enferma.

— Não te preocupes querida! É somente um chá preparado por Marcos, e não tem forte gosto.

Nesse momento, apareceu Anacleto cumprimentando a todos; trouxera uma remessa de frutas oferecida por Guaraci.

— Necessita de ajuda para transportá-la? – prontificou-se o tribuno.

— Não, obrigado – respondeu o serviçal. Marcos colaborou comigo, acabamos de colocá-la na despensa.

Mariazinha e Evaristo encaminharam-se para outros afazeres, enquanto Catarina insistia com a enferma.

– Toma! Este chá, além de revigorante é reconfortante.

Lucélia tomou a bebida de um só gole, sentiu-se sufocar, revirou os olhos e dentro de uma hora estava morta.

Catarina gritava inconsolável. Lucélia era a primeira vítima na casa de socorro.

Um médico da cidade foi solicitado para averiguar a "causa-mortis" e a diagnosticou como parada cardíaca, em razão do estado de subnutrição da mulher.

Via-se estampada nos semblantes dos cooperadores a melancolia. Assim, transcorreram duas semanas. Agora, reconfortados pela continuidade das tarefas, em que os outros enfermos se restabeleciam, as lembranças do ocorrido iam se esmaecendo.

No presídio de Sezimbra, Jeziel não conseguira esquecer Mercedes. Sua barba crescera; distante do sol empalidecera; olhos constantemente úmidos; era a própria imagem do abandono. Seu pai não lhe fizera uma só visita e da jovem amada nunca mais ouvira falar.

Seis horas da tarde. Na casa de detenção o portão se abria para os visitantes. Muitas celas se abriram ao mesmo tempo; presidiários saiam em desabalada carreira pelos corredores até ganharem o pátio, e, em seguida, o grande portão.

Soldados se movimentavam, na tentativa de capturar os fugitivos, enquanto do lado de fora do presídio duas figuras comentavam entre si:

— Trabalho perfeito, hein, Fernando!

— É Ernesto, hoje ganhaste o dia!

— E o comandante perderá o emprego — disse o ex-escravo, gargalhando.

Os comparsas tomaram a carruagem e seguiram vitoriosos. O capataz, enquanto chicoteava os animais, pilheriava:

— Por que não soltaste também Jeziel?

Ernesto, rangendo os dentes, afirmou:

— Se eu tivesse a certeza de que algum soldado o atingiria no instante da fuga, juro que lhe daria a chave da cela!

— Não vai faltar oportunidade! — aduziu Fernando.

— Chega de conversa! E toca pro sítio que a bela Mercedes anseia pela minha presença!

— Ah! Quer dizer que estás de namoro com a beldade?

— Podemos dizer que sim! Antigamente, quando o mocinho andava às soltas, Mercedes sem muitas delongas se despedia, depois do encerramento das aulas; agora, porém, permanece longo tempo dialogando comigo e confessou nutrir uma grande amizade por mim.

— Então alimentas alguma esperança?!

— Esperança, não! Eu tenho é certeza!

No dia seguinte, na casa de socorro...

— Então é hoje, Marcos, o dia da tua partida? – perguntou Mariazinha com os olhos rasos d'água.

— Sim, Mariazinha. Irei para a França ultimar preparativos atinentes ao meu regresso ao curso. Espero regressar, assim que for possível.

— E no dia de Natal, estarás conosco? – Mariazinha prendia os lábios, evitando o choro.

— Creio que não. Charlot me disse que tudo fará para nesse dia chegar a Paris, e, se tal fato ocorrer, eu passarei com ela e com sua família.

— Marcos... A vida sem ti... Não conseguiu terminar a frase.

— Por que choras tanto Mariazinha?

— Marcos, meu querido!... É difícil explicar com as palavras... Que conheço o sentimento que me vai... Na alma!

— Explica-me, querida, qual a razão de tantas lágrimas?...

Juntos no Infinito

– O que sinto não é simplesmente algo temporário, como o vento que passa, mas, sim, um amor muito grande por ti!

Marcos abraçou a jovem, beijou seus olhos na tentativa de enxugar suas lágrimas e disse:

– Estou confuso, nem sei se quero partir, mas de uma coisa tenho certeza, agora é tarde para recuar.

Marcos abraçou todos com afeto, entretanto, aproximou-se de Arsênio e disse com especial carinho:

– Velho amigo! O tempo que aqui fiquei aprendi, acima de tudo, que não existe idade para as ferramentas do Cristo. Tens o dobro da minha existência, no entanto, gostaria eu de possuir a metade da determinação e do carinho com que te dispões a servir!

– Os cabelos brancos que te coroam a fronte não fazem jus a essa juventude. Gostaria Arsênio, que fosses meu pai; infelizmente o destino assim não o quis, mas prometo que no dia em que apresentares teu filho, quero abraçá-lo e chamá-lo de meu irmão!

– Ele estará conosco no Natal, Marcos – disse Arsênio, emocionado. Prometo que o apresentarei a todos.

Eustáquio, ao tomar ciência da viagem de Marcos, também compareceu ao templo para despedir-se.

– Até breve, meu jovem. Lamentamos que tenhas de partir, mas, se um dia decidires transferir os estudos para Portugal, não te acanhes, pois recebi do governador a certeza de seu total apoio nesse sentido.

– Obrigado, Eustáquio, não olvidarei a oferta!

Marcos acenou para todos e saiu fechando a porta atrás de si. Mariazinha ainda correu para a última despedida, mas retornou, ao ver Marcos e Charlot descendo as escadas, abraçados.

A noiva do enfermeiro caminhou triste, cabisbaixa, pelo corredor, e fechou-se em seu quarto. Naquele momento, Mariazinha sentia como se a vida lhe houvesse extraído um pedaço da alma.

Amava-o muito, e esse amor dava-lhe o incentivo para as nobilitantes tarefas do templo. – Como seria a existência, a partir daquele momento? Como se comportaria diante daqueles que sofrem, se a amargura visitava o seu ser e o desânimo estampara-se-lhe nas faces?

Encontrava-se imersa nesse estado de depressão, quando Evaristo abriu a porta do quarto, após receber autorização da jovem para que entrasse.

– Evaristo, meu amigo! – disse entre lágrimas. Como poderei dar aos que sofrem a palavra de consolo, se meu coração encontra-se inconsolável?

– Posso tentar ajudar-te? – prontificou-se o tribuno.

– Sim! Mas de que forma?

– Chamando-te à razão, minha amiga! Mesmo

Juntos no Infinito

sabendo que não possuo argumentos além dos que já conheces, tentarei apenas relembrar aquilo que aprendeste!

— No estado em que me encontro, como poderei servir, se acabo de perder o meu amor?

— Não! Não digas isso! O teu amor nunca perderás, porque o alimentas com sinceridade n'alma e poderás levá-lo contigo pela eternidade, mesmo que tal sentimento não encontre ressonância no coração da pessoa amada. Pois o que deve animar o nosso ser é o amor a que nos dedicamos, e não aquele que porventura venhamos a receber ou que esperamos de alguém.

— Sabes tanto, ou mais do que eu, que o Cristo não se rebelou contra o desamor, e, ai nós, se um dia o Mestre, amargurado com a nossa desatenção, se negasse a dar continuidade à sua peregrinação de auxílio!

— Tu já reparaste nessa imagem, Mariazinha? Quem fecha a mão parece que se contenta com a migalha terrena, enquanto aquele que a abre dá a nítida impressão de que está colhendo as estrelas do céu!

Sei que esse desalento a que te entregas é passageiro, contudo, não permitas que, mesmo por breves momentos, as lágrimas de amarguras embaciem tua visão, pois dessa clarividência dependem muitas criaturas que ainda tateiam ao longo do caminho!

— Acreditas que recuperarei o ânimo? — indagou Mariazinha, ainda com os olhos vermelhos.

— Tanto quanto creio na grandeza da tua alma!

Depois de aconchegar a fronte da companheira ao travesseiro, o tribuno lhe afagou os cabelos e se retirou para se juntar a Eustáquio e à Catarina que conversavam no salão do templo.

— Então, ele poderá perder o cargo? – perguntou Catarina.

— Infelizmente, sim, meu amor. A fuga em massa do presídio repercutiu até mesmo no palácio do Imperador, e a substituição do novo comandante é quase certa.

— Então houve fuga no presídio? – interrompeu o tribuno.

— Foi ontem à tarde, Evaristo. Receio que perderemos um importante aliado, pois Renato, além de ser meu amigo, nutre grande simpatia pela casa de socorro.

— Achas que voltaremos a sofrer admoestações por parte das autoridades?

— Sim, Evaristo! – exclamou Eustáquio. Diversos núcleos de assistência estão sendo devassados por ordens imperiais, e esta casa, até agora, foi preservada por Renato, desde que assumiu o comando.

— E o governador nada poderá fazer a esse respeito? – indagou Catarina.

— Sim – obtemperou Eustáquio – somente quanto ao gerenciamento das atribuições policiais. Entretanto, não poderá insurgir-se contra o desejo do império que tem a gana de confiscar propriedades,

Juntos no Infinito

para se enriquecer cada vez mais!

Cinco dias depois, na casa de Castro.

– Não me digas Hermes! Então, agora estamos a um passo da vitória?

– Sim, capitão! O incompetente Renato foi rebaixado e assumirá o posto de chefia noturna, isto é, ele cuidará do recolhimento de indígenas, raparigas e bêbados!

– Então, o negro Ernesto trabalhou direitinho?

– Melhor do que se esperava – acrescentou Hermes. Seu trabalho foi tão perfeito que merece recompensa.

– Sem saber ele será gratificado regiamente – confidenciou Castro.

– De que maneira?

– Anacleto atrairá Guaraci e sua mulher à casa dos bruxos, na noite do desfecho e, com a eliminação de ambos, ele ficará à vontade para tomar o sítio e desposar a sua amada.

– Por falar em amor – perguntou animado o ex-comandante. O que foi feito de Catarina? Desde aquela noite na cantina que não a vejo!

– Ah! O amigo está de arrasto com a namorada do Eustáquio?

— Estou em via de me confessar a ela! Quem sabe o farei na próxima oportunidade! E tu, capitão, como estás com Charlot?

— A partir de agora, estarei melhor, o enfermeiro viajou para a França.

Ainda conversavam na sala, quando a porta do quarto se abriu...

— Charlot! – exclamou surpreso, Hermes.

— Sim, comandante, eu mesma! – disse a cantora, ao enlaçar o pescoço do capitão. A cama de Antônio é deveras macia, mas essa conversa dos dois me acordou.

— Terás muitas noites para dormir nesta casa, querida! E a partir de vinte e três de dezembro muita coisa vai mudar!

— Espero que para melhor! – exclamou a cantora, ao se dirigir para o toalete.

— Mas... Tu me perguntavas a respeito de Catarina – disse o capitão. – Saibas que estará conosco dentro de uma hora, pois ordenei ao meu capataz que convocasse todos os participantes, para cuidarmos dos detalhes imprescindíveis.

— Então esperarei – afirmou Hermes com malícia. Essa oportunidade veio a calhar, e não a perderei por nada deste mundo!

— Trata-se de uma mulher esguia! Acreditas que lograrás conquistá-la?

— Notei sua indiferença e seus empurrões, em relação aos notívagos da cantina, porém conheço o seu passado e sei que as mulheres não se modificam assim da noite para o dia!

— Se de fato conseguires, não receias que Eustáquio venha a descobrir?

— Ah!Ah!Ah! – gargalhou o ex-comandante. Aquele é outro moleirão que somente ocupa o cargo relevante, por intervenção de seu primo que desposou a filha do governador.

— E tu, Hermes, de que forma tu conseguiste um dia galgar o posto de comando do presídio? – perguntou Antônio com um sorriso irônico.

— Bem o sabes capitão – aquele favor que me fizeste jamais esquecerei!

— Os dois escravos que "cuidaram" do homem que te antecedeu no posto foram eliminados por Jeziel.

— Melhor assim – folgou Hermes. Os mortos não falam. Sempre achei que confiar um "serviço" de tamanha seriedade aos negros é demais arriscado! Eles nada têm a perder, portanto, dão com a língua nos dentes com facilidade, e, acima de tudo, trata-se de uma raça sem caráter!

— O teu ódio por eles é assim tão grande, comandante?

— Sim! E tu, por acaso, não os odeia?

— Às vezes, deixo de odiá-los por breves momentos! Assim, como em relação a Leocádio que, embora seja um reles escravo, hoje me presta inestimável serviço, fornecendo informações acerca das movimentações na casa dos bruxos.

— E esse escravo — perguntou o interlocutor — já conseguiu aprender a ler?

— Não somente ler como também a fazer complicadas orações. Na semana passada, o negro foi surpreendido por mim, quando reunia outros cativos defronte às taperas para fazer ladainhas.

— E deixaste?

— Meti o chicote em todos eles e os mandei dormir!

— Capitão! — entrou dizendo o capataz. Já reuni o pessoal no caramanchão.

— Segura-os lá por alguns instantes, até que chegue Catarina.

— Ela também se encontra no local e solicita certa urgência quanto às orientações, em razão de haver saído às escondidas da casa de socorro!

Castro, Hermes e Charlot dirigiram-se até o caramanchão, onde, além de Catarina, encontravamse três dezenas de homens. O ex-comandante procurou se aproximar da cooperadora do templo.

— Esperei ansiosamente tua chegada, depois que o capitão me disse que virias!

— Estou muito lisonjeada, Hermes.

– Há muito que aguardo um momento como este, Catarina, e devo te confessar que tens sido minha Afrodite. Minhas noites de solidão almejam tua companhia; dize que me aceitas!

A bela mulher corou, mas aproximou-se um tanto mais do comandante e disse:

– Desejas-me a ponto de dispensares todas as possíveis cerimônias?

– Procurei, é verdade, decorar a mais longa confissão de amor, entretanto, agora diante de ti, emudeceu o hino do anjo e falou a voz do homem sedento!

– Calma, comandante, é de bom alvitre que arrefeças a volúpia, pois nos encontramos diante de um verdadeiro batalhão!

– Dize-me quando ficaremos a sós, e eu te aguardarei com loucura!

– Atenção, pessoal – ordenou Castro – façam silêncio, para que possam ouvir-me claramente!

– É chegado o momento em que todos tomarão conhecimento de suas atribuições, e não me venham com desculpas posteriores de que não sabiam de determinado detalhe!

O ataque será no próximo dia vinte e três, portanto, quero todos aqui no sítio, às quatro horas da tarde para a retirada das armas.

Como nesta época o frio é intenso todos poderão usar capas e capuzes sem chamar a atenção. Essas vestimentas serão fornecidas pelo meu capataz, no momento em que as armas forem distribuídas.

– Não é perigoso – perguntou um mercenário – que desconfiem de semelhantes vestimentas?

– Já disse que não! O inverno é rigoroso e os frequentadores daquela casa, por certo, também se vestirão dessa forma!

– E a possibilidade de acertarmos um dos nossos, já que a maioria do pessoal estará misturada entre os adeptos da casa? – aventou outro.

– Tivemos o cuidado de colocar uma pequena tarja branca em cada capuz, para facilitar o reconhecimento.

– Quanto ao bruxo e cooperadores do templo, não se preocupem, pois estarão sob o efeito de uma droga que os manterá sem reação. Esse trabalho, como já sabem, ficará a cargo de Catarina, assim como o que combinamos anteriormente, em relação às filhas de Eustáquio e enfermos!

– Não esqueçam. Assim que o Fernando iniciar o processo de confusão, não percam tempo. Ninguém da assistência deverá ficar para contar a história!

– Depois que as armas forem utilizadas elas deverão ser colocadas em poder dos cooperadores da casa, para que fique bem caracterizada a culpa! Ocasionalmente – disse Castro, ironizando – o comandante Hermes orientará um destacamento policial para inspecionar o lugar, assim que o fato estiver consumado.

Eu e Charlot estaremos nas proximidades do templo aguardando com as carruagens, para apanhálos. Boa sorte!

Assim que os homens foram se retirando, Hermes voltou à carga.

– E então Catarina, quando será?

– Assim que resolvermos essa parada. Antes disso, é temerosa qualquer aproximação entre nós!

– Permite pelo menos que te faça companhia até Alfama – insistiu Hermes – assim poderemos conversar melhor acerca do plano!

– Está bem, concordo! Mas devo advertir que qualquer relação mais estreita entre nós é impossível, por enquanto.

Diante da aquiescência de Catarina, o comandante ficou eufórico. A bela mulher estava cedendo aos seus galanteios e tudo indicava que em breve teria o sucesso almejado.

Sob os sorrisos de malícia de Antônio Castro e Charlot o cocheiro deu saída à carruagem, transportando os dois componentes do plano macabro.

– O que pretendes fazer em relação a Eustáquio, assim que o plano for executado?

A mulher raciocinou por breves momentos e respondeu:

– Minha vida com ele não será mais possível, pois, com a incumbência que recebi de Castro, para eliminar as filhas dele, estabelecer-se-á entre mim e Eustáquio uma grande distância! Sem falar na amargura a que esse homem se entregará com a morte das meninas. Portanto, a convivência com ele seria insuportável!

– E se com o passar do tempo ele vier a se esquecer da tragédia e desejar retornar aos teus braços? Isto porque a culpa recairá sobre os demais cooperadores da casa, já que no entender de todos tens verdadeira adoração pelas crianças!

– Tenho plena certeza de que nada disso ocorrerá – retrucou a mulher.

– Por quê?

– Eustáquio, ao ser abandonado pela mãe de suas filhas, descontrolou-se a ponto de se entregar à bebida. Agora, não suportará um segundo revés, e tudo indica que enlouquecerá!

– Catarina! – exclamou Hermes, ao apertar a mão da mulher entre as suas. – Quer dizer que as minhas esperanças ganham maior dimensão? Se tudo correr como dizes, por certo, serei eu o maior beneficiado?

– Todos nós ganharemos – interrompeu – e não vejo a hora que tudo isso chegue ao seu final. O pessoal do templo vive a indagar sobre minhas constantes ausências, e até Eustáquio por diversas vezes me procurou em vão naquelas dependências.

Juntos no Infinito

– E o que tens alegado?

– Sempre invento uma desculpa. Certa vez despedi-me, dizendo que iria comemorar o aniversário do filho de uma amiga e acabei encontrando-me com Marcos, à porta da Cantina dos Navegantes. Minha sorte foi que o enfermeiro saíra para ver Charlot e evitou fazer qualquer comentário.

– Quer dizer que és enfermeira exemplar dentro daquela casa? – riu o ex-comandante.

– Sim! E esse trabalho não é fácil!

– Não achas um tremendo paradoxo, primeiro tratas dos enfermos, para depois envenená-los?

– Tudo é "serviço"! – gargalhou Catarina.

– Desejo ser teu amigo para sempre, Catarina – gracejou Hermes.

– Talvez isso não ocorra comandante!

– Por quê?

– Tenho a impressão de que a nossa maneira de ser não se ajusta. Portanto, receio que esta amizade seja curta.

– Será que possuímos gênios tão díspares, a ponto de tornar impossível um bom entendimento entre nós?

– És muito autoritário, ferindo as pessoas frontalmente, enquanto eu procuro usar de sutileza, para atingir meus objetivos.

– Assim como está agindo na casa de socorro? – observou o oficial.

– Exatamente! Lá, por enquanto, ninguém pode alegar nenhum deslize de minha parte.

– Nem quanto ao caso de Lucélia?

– Como assim?! – corou Catarina.

– Ora, minha querida, acaso tu não sabes que Anacleto, aproveitando-se de uma distração de Marcos, ao colocar as frutas na despensa, envenenou o chão que causou a morte da enferma? Foi assim que a droga provou sua eficácia!

– Chegamos comandante! – gritou o cocheiro.

No templo...

– Vovó, onde está mamãe Catarina?

– Não te preocupes Priscila – disse Eleutéria – sua mãe saiu somente por alguns momentos, e creio que em breve retornará!

– Vovó, Fabrícia está chorando!

– Por que tua irmã está chorando?

– Ela disse que não quer morrer!

– Que bobagem, menina! Onde tua irmã ouviu uma asneira dessa?

– Ela disse que sonhou!...

Tomando a neta pela mão, Eleutéria dirigiu-se até o quarto de Catarina. Fabrícia encontrava-se no leito. Quando as duas entraram, a menina permaneceu sentada, imóvel, com os olhos arregalados.

– O que está acontecendo, Fabrícia? – perguntou a avó, lhe estranhando o comportamento.

Sob o olhar de espanto de Eleutéria a menina respondeu:

– Se alguém fizer qualquer maldade com as minhas filhas, terão de se haver comigo!

– Fabrícia! Acorda minha filha! A pobrezinha da tua irmã deve estar sonhando, Priscila.

– Não estou sonhando coisa alguma, sua velha alcoviteira! Traidora, não se envergonha de trair a própria filha? Mas você vai se arrepender!

Eleutéria estava desesperada, sem saber o que fazer. A menina, ainda imobilizada, e com o peito ereto, revirava os olhos.

– Valei-me Nosso Senhor Jesus Cristo! Ajudai-me, pelo amor de Deus! – suplicou a sogra de Eustáquio.

O pequeno corpo de Fabrícia estremeceu e, após breve gargalhada, jogou-se ao leito. Despertando do transe, a menina mirou Eleutéria e Priscila, perguntando:

– Vovó! Onde está mamãe Catarina?

O amor que todos devotavam a Catarina era muito grande. As meninas tinham verdadeira adoração pela cooperadora e não conseguiam adormecer, sem que estivessem abraçadas a ela.

Eleutéria, desde que sua filha Andréia os abandonara, entregando-se ao prostíbulo, nunca mais dela tivera notícias. Assim, acabou por eleger Catarina a filha do coração.

Eustáquio, à medida que se afeiçoava à enfermeira, trazia em seu semblante o restabelecimento da alegria. O homem taciturno ficara para trás; abandonara a bebida e entregara-se de corpo e alma à nova família que se configurava.

Evaristo, Mariazinha, Arsênio e os demais cooperadores viam em Catarina o exemplo de dedicação e singeleza em favor dos enfermos. Sem ela, a casa de socorro perderia seu anjo tutelar.

No portão do templo...

— Leocádio, tiveste o cuidado de esconder as drogas?

— Sim, dona Catarina! Os venenos estão bem guardados e não existe a menor possibilidade de que alguém os encontre! — respondeu o escravo do capitão.

— Alguém me procurou? — tornou a mulher.

— Sim. O Senhor Guaraci e a esposa, dizendo-se sabedores de sua recente visita ao presídio de Sezimbra, desejavam informações acerca de Jeziel.

— Eles ainda estão na casa?...

Juntos no Infinito

— Partiram há pouco, mas prometeram que retornariam ainda hoje, assim que suas compras no mercado livre terminassem.

— E quanto aos outros, comentaram algo a respeito de minha saída repentina?

— Somente o Sr. Arsênio disse em tom de brincadeira que a "montaria esperta deixa o animal de boca aberta"!

Rindo, os dois entraram à casa de socorro. No interior do grande salão Evaristo e Mariazinha conversavam.

— Observo-te muito pálida, Mariazinha.

— Esta indisposição deve ser motivada pelo estado de melancolia em que me encontro, em razão da partida de Marcos!

— Necessitas de repouso! – aconselhou o tribuno.

— Não, Evaristo. Somente hoje fiquei impossibilitada de cumprir a tarefa do mercado livre, pois, quando tentei erguer-me do leito, parecia que o mundo começara a girar, entretanto, espero retomar minha obrigação amanhã...

À medida que a moça falava perdia os sentidos. Evaristo segurou-a em seus braços e solicitou a presença de Arsênio para auxiliá-lo. Mariazinha foi colocada sobre o leito, em seu quarto, e aos poucos se recuperou.

Notando a contração facial de Evaristo, Arsênio tentou lhe apagar a preocupação.

– Isso não é nada! E se for o que estou pensando é um grande motivo para uma comemoração!

Mariazinha olhou para o enfermeiro com espanto...

– O que dizes!

Evaristo segurou o pulso da jovem carinhosamente e disse com emoção:

– Querida amiga! Se as suspeitas de Arsênio forem confirmadas, saibas que esta casa sentir-se-á muito honrada em receber essa criança!

Mariazinha estava confusa e olhava atônita para os companheiros. – Se até, então, estivera ligada a Marcos por laços tão fortes, e a partir de agora? O que seria de seus sentimentos se realmente estivesse grávida?

Com os olhos marejando, a jovem solicitou a Evaristo e Arsênio que evitassem qualquer comentário a respeito de sua possível gravidez.

Os dois amigos concordaram por meio de um ligeiro movimento de cabeça. Evaristo, observando a acentuada lividez de Mariazinha, asseverou:

– Descansarás por algum tempo, até que as energias retornem.

– E o mercado livre? – perguntou preocupada.

Juntos no Infinito

– Guaraci esteve aqui acompanhado de sua esposa e nos informou de sua recente mudança para Alfama, com a intenção de melhor colaborar com o "Nosso Novo Caminho"; diante disso, solicitaremos os préstimos de Mercedes quanto à venda de artesanatos.

– Não seria melhor aguardarmos – ponderou a jovem – até que Mercedes se recupere do sofrimento que lhe causou o episódio de Jeziel?

– Ao contrário, as tarefas do mercado poderão ajudá-la a espairecer!

– Evaristo! – replicou Mariazinha. Como se explica o teu aconselhamento, para que eu repousasse, quando da partida de Marcos?

– Minha ponderação não fora em virtude de tua depressão emocional, mas em razão do teu estado físico que reclamava restabelecimento.

– É verdade, Evaristo, concordou o enfermeiro. O trabalho tem sido para mim a fonte geradora de inestimáveis energias; desde que me decidi a enfrentálo, sinto-me uma nova pessoa.

– Arsênio – disse o tribuno – uma boa parte das criaturas enfermas albergadas nesta casa carregam moléstias do coração que se originam do ócio. Entregues ao desalento, malsinam os sagrados recursos que reclamam atividades.

Duas horas depois, Eustáquio chegou ao templo e conversava com Catarina.

– Será extremamente doloroso, mas, infelizmente, terei de informá-la – lamentava Eustáquio, referindo-se à sogra.

– Eu a chamarei – prontificou-se a enfermeira. Entretanto, sê cuidadoso. Eleutéria já não possui idade para receber esse tipo de notícia!

– Traze as meninas também – solicitou com embargo na voz.

– As meninas? – surpreendeu-se Catarina.

– Sim; cedo ou tarde ficarão sabendo.

Em poucos minutos retornou Catarina, acompanhada por Eleutéria, Fabrícia e Priscila. Eustáquio, depois de abraçar as três com muita ternura, falou:

– Eleutéria, gostaria de não estar vivendo este momento de minha vida... O homem começou a chorar. Isto porque te amo muito... E jamais me atreveria a magoar-te... Se não fosse obrigado a fazê-lo.

– O que está acontecendo, dize logo, pelo amor de Deus!

– Andréia!...

– O que houve com minha filha?

– Ela morreu!...

Duas lágrimas rolaram dos olhos de Eleutéria; pensava-se que a idosa mulher entregar-se-ia ao desespero, mas se limitou a ajoelhar-se e abraçar as netas.

Em seguida, voltou-se para a figura de Jesus junto à tribuna e suplicou:

— Mestre! Abençoe minha filha e a conduza para um novo caminho!

Dirigiu-se para as netas, emocionada:

— Queridas, a mãe de vocês está morta!

Priscila levantou o olhar inocente em direção à enfermeira e retrucou:

— Está morta, nada, vovó! A nossa mamãe é Catarina!

— Tu tens razão, minha querida! — concordou Eleutéria. Catarina já faz parte de nossa família e será, sem dúvida nenhuma, o arrimo maternal de que necessitamos.

— Não digas isso Eleutéria — replicou a enfermeira. Tu és e sempre serás o nosso anjo; de minha parte, porém, prometo que tudo farei para merecer a confiança de todos.

O escravo Leocádio olhou significativamente para Catarina, que lhe atendeu ao gesto. Os dois receberam a incumbência de darem cabo aos enfermos e servirem o curare aos cooperadores, frustrando qualquer tentativa de resistência. Anacleto supervisionaria essas atividades.

Parte do pequeno grupo já se dispersava, quando Guaraci, a esposa e a filha entraram pela porta do templo e se dirigiram a Catarina e Eustáquio.

– Sejam bem-vindos! – acolheu-os a enfermeira, com alegria.

– Encontrá-los aqui é providencial – disse Guaraci. Estamos em busca de informações a respeito de Jeziel!

– Na noite em que o visitei, graças à intervenção do governador, confesso que o encontrei bastante esmorecido – adiantou-se Catarina.

– Entretanto – atalhou Eustáquio – ultimamente embora o jovem tenha emagrecido e aparente lividez própria de quem se ausentou do sol, tenho notado em Jeziel a serenidade dos inocentes. Acredito mesmo que, em virtude de seu exemplar comportamento, venha receber concessão das autoridades, para que passe em local de sua livre escolha as festividades natalinas.

Mercedes ouvia os comentários de Eustáquio acerca de Jeziel sem compartilhar com seus pais das alegrias que lhes causavam tais revelações. Gostaria de revê-lo, não para lhe dizer nenhuma frase de consolo ou carinho, mas para descarregar-lhe toda mágoa que ela sentia; desejaria chamá-lo de insensível para com os sentimentos alheios, desrespeitador das leis divinas, por ceifar a vida de pobres escravos indefesos.

– Então poderemos revê-lo por ocasião do Natal? – aventurou Guaraci.

– É uma possibilidade! – exclamou Eustáquio. Entretanto, se a jovem Mercedes desejar visitá-lo, solicitarei ao senhor governador que interceda junto à direção do presídio...

— Não, obrigada! – interrompeu Mercedes. O que tenho de dizer a Jeziel pode esperar!

— Minha filha! – ponderou Guaraci. Não lutes contra ti mesma. Acaso pensas que não adivinho a ansiedade que te vai n'alma?

— Gostaria de surrá-lo, papai; Jeziel não se faz merecedor de outra coisa!

— No entanto, minha jovem – obtemperou o assessor – na última visita que fiz ao presídio, conversei longamente com Jeziel, e, quando surgiu o teu nome, ele me segredou, entre lágrimas, que de fato o que o tem alentado no solitário cárcere é a esperança de poder rever-te um dia!

— Aceita, Mercedes! – propôs Catarina. Talvez possas estar enganada quanto ao procedimento do teu ex-noivo!

— Agradeço a boa vontade de todos, mas Jeziel terá de pagar pelos crimes cometidos, amargando a solidão do abandono!

— Quem te vê assim implacável – considerou Jaci – é capaz de pensar que se encontra diante de uma rocha, entretanto, não sabe que andas chorando pelos cantos da casa, murmurando o nome de Jeziel.

— Isto é coisa do passado, mamãe! Hoje eu sei que ele não deverá fazer mais parte da minha vida!

Evaristo aproximou-se e, após abraçar os visitantes efusivamente, disse em tom amistoso:

— A nossa vendedora de artesanatos, no mercado livre, terá de se ausentar desse trabalho em caráter temporário, então estamos solicitando os préstimos de algum voluntário para o preenchimento da vaga.

— Eu sirvo? — adiantou-se Mercedes.

— Estás contratada! — disse Evaristo, provocando o sorriso de todos. No entanto — prosseguiu — antes teremos de receber a aprovação de teus pais.

— Com uma condição! — acentuou Jaci. Somente concordaremos mediante a promessa de sermos aproveitados!

Nos dias que se seguiram, Charlot não mais compareceu à casa de socorro como o fazia, quando da permanência de Marcos em Portugal. A cantora passou a residir no sítio de Antônio Castro.

— O dia fatídico se aproximava, e os detalhes do plano recebiam todos os cuidados possíveis. Castro, Fernando e Charlot reuniam-se constantemente no caramanchão do sítio para ultimarem os preparativos.

— Até que enfim as armas ficaram prontas — folgou o capitão.

— Os capuzes estão devidamente tarjados — ajuntou a artista, e os nossos homens se identificarão com facilidade.

— Estou estranhando o desaparecimento de

Juntos no Infinito

Anacleto – observou o capataz. Há cerca de cinco dias que não aparece aqui no sítio!

– É verdade! – concordou Castro. E ele, juntamente com Leocádio e mais a Catarina serão as peças importantes quanto ao envenenamento dos enfermos!

– Será que o homem recuou depois de ter dado fim à Lucélia? – aventou Charlot.

– Não acredito – discordou capitão. Anacleto já está acostumado com esse tipo de "trabalho", e trata-se de um servidor de confiança, isto porque está comprometido até o último "fio de cabelo"!

– O senhor não acha que devo procurá-lo, capitão?! A hora está chegando e não será fácil substitui-lo.

– Faze isso, mas usa toda a cautela, para não seres reconhecido no sítio de Guaraci.

– Não se preocupe capitão! Os donos da propriedade se mudaram para a cidade, e o negro Ernesto agora é o mandachuva da casa!

– Ah! Quer dizer que a rapariga e seus pais encostaram-se de fato na casa dos bruxos?! Então, a coisa vai ficar mais fácil do que eu esperava. Vou eliminar muitos coelhos com uma só cajadada! E desta vez não vai ter Jeziel para atrapalhar!

Duas horas depois o capataz de Antônio Castro batia à porta do rancho dos ex-escravos.

– Fernando! – surpreendeu-se Ernesto. O que está acontecendo?

– Vim a mando do capitão para saber notícias de Anacleto. Como tu sabes, o danado faz parte do plano e ultimamente não tem comparecido para discuti-lo.

– Então, o homem deve ter evaporado – disse Ernesto – pois não o tenho visto por aqui!

– Desde quando ele desapareceu? – perguntou o capataz.

– Desde aquele dia em que envenenou o remédio da enferma na casa de socorro.

– Será que o homem se acovardou?

– Tudo pode ser – opinou Ernesto. E, se de fato isso ocorreu, avisa o teu patrão que poderei tomar o seu lugar.

– Tumá u lugá di quem?! – apareceu Gerenciana.

Os dois voltaram-se surpresos para a negra que os olhava admirada.

– Não é nada, mãe; esta conversa é coisa grande demais para a senhora!

– Coisa grandi qui mãe não num pode sabê é du tamanho di cão ruim, cumprida qui nem cobra, e iscundida iguá rabo di raposa!

– Vamos sair daqui, Fernando, no pomar poderemos conversar sossegados.

— Vai, meu fio, mais num si iqueça qui aprifiro ti reza num caixão di qui ti vê vivo i ladrão!

Os dois amigos se afastaram, sob o olhar desconfiado de Gerenciana.

—Tu estás preocupada minha negra? — aproximou-se Bento.

— Tô meu nego, tem rasto di coisa ruim na cuzinha i ta azedano a cumida!

— Não rodeies mulher e dize o que está acontecendo.

— U nosso fio ta si misturano cum u capanga du capitão pra trama arguma coisa das braba! I si isso tive assucedeno num arrespondo pru mim!

— O que achas que devemos fazer se, de fato, o nosso menino estiver envolvido em "assuntos" do Antônio Castro?

— Suncê sabi qui falo i num é da boca pra fora. Cão mermo mi instimação, quandu ta raivoso num pode fica sorto!

— Terias coragem de denunciar o próprio filho?

— Meu nego, antis du Ernesto sê u nosso fio, na Terra já ixistia uma grandi famia qui tinha qui sê arrespeitada, i fazemo parti dela. Ti juro qui num vô apirmiti qui u muleque acometa injustiça merma sendo minha cria!

Charlot, passando pelo mercado livre e não encontrando Mariazinha, pois Mercedes, naquela oportunidade a substituía, resolveu dirigir-se até a casa de socorro.

— Mariazinha minha querida, eu confesso que já me encontrava saudosa e por isso resolvi visitá-los! Mas tenho uma surpresa agradável para ti!

— Nossa casa também sentiu a tua ausência, e alguns enfermos têm reclamado a tua presença.

— Ah! Tenho estado demais atarefada com os preparativos para o casamento?! Surpreendeu-se Mariazinha.

— Sim! Essa é a agradável surpresa de que eu falava. Recebi, recentemente, uma carta de Marcos, solicitando minha mão em casamento e, desde então, tenho utilizado todo o tempo disponível para as compras do necessário!

— Falas sério? — perguntou aterrada a jovem.

— Nunca falei tão sério em minha vida. Estou exultante e acho que essa decisão de Marcos, embora demorada, veio como um presente às vésperas do Natal!

Mariazinha, instintivamente, passou de leve a mão sobre o ventre como a proteger o filho em iniciação.

— E tem mais! — prosseguia a cantora. Ele se recusa se casar em Paris ou em qualquer outro lugar que não seja a casa de socorro, acentuando que faz questão que tu e Arsênio sejam os padrinhos!

– Eu e Arsênio? – perguntou Mariazinha com a voz embargada.

– Sim! A princípio, relutei em aceitar essa ideia de Marcos, em virtude da consideração que tenho pelos nobres de minha família, que se sentiriam muito honrados em nos apadrinhar, contudo, resolvi aquiescer, respeitar tal escolha!

A jovem grávida, prendendo os lábios e a respiração para evitar o choro, ergueu os olhos umedecidos e perguntou:

– Tu o amas verdadeiramente?

– Ora, minha cara! Ainda que não o amasse, por certo, o amor que Marcos me devota seria o bastante para nós dois. Temos planos para a construção de um lar verdadeiro, sem, porém, cogitarmos filhos por enquanto, que viriam comprometer a nossa tranquilidade.

Aturdida pela resposta evasiva de Charlot, Mariazinha insistiu com a voz entrecortada pelo soluço:

– Tu o amas?

– É claro que o amo! Por quem me tomas? Acaso achas que o aceitaria por simples regalo?

– Então, que sejam felizes! – desejou Mariazinha sem conseguir reter o choro.

Charlot observou a interlocutora, lançou sobre ela um fulminante olhar vitorioso e disse:

— Fiquem tranquilos, pois, na próxima carta que enviar a Marcos, farei questão de mencionar o nome de todos desta casa.

A cantora terminava de se expressar quando avistou Catarina que acabava de entrar no templo.

— Catarina! Minha adorada! As duas abraçaram-se, efusivamente, deixando Mariazinha só, no canto do salão. — Tenho muitas novidades para te contar.

Abaixando o tom de voz, as amigas puseram-se a conversar distante de todos.

— Por solicitação de Hermes o novo comandante fará um relatório que desabonará esta casa, o que será um preâmbulo, para que se coadune com o ataque final. Menina, estamos prestes a abocanhar esta monstruosidade de propriedade, e depois é só deixarmos a vida correr sob o influxo dos lucros e dos prazeres.

— Qual será o próximo passo? – perguntou Catarina.

— Minha filha! Aqui para que ninguém nos ouça. Os passos que me facultarão a independência financeira eu já os estou tomando há tempo. Como tu sabes o capitão não suporta o seu filho Jeziel e sua intenção em deserdá-lo é um fato que se está consumando...

— Conseguiste algo do capitão? – atalhou Catarina.

Juntos no Infinito

– É claro que sim! A própria Cantina dos Navegantes, uma de suas mais estimadas propriedades. Acabo de receber o direito à sua metade!

– Então acabarás por desposá-lo?

– Não existe nenhum tratado a esse respeito, e depois o meu interesse nesse sentido se refere a Marcos!

– Se te casares com Marcos, como ficará a tua situação com o capitão?

– Arranjarei uma forma para contentar a ambos! – disse a cantora, gargalhando a ponto de chamar a atenção de Evaristo, que passava.

– Tu estás contente, Charlot! – inquiriu o tribuno.

– Sim, Evaristo, e esta alegria que eu sinto poderá ser tua se desejares – disse com malícia.

– Será?

– Tenho certeza – confirmou a artista.

Evaristo fitou a mulher com serenidade e considerou:

– Charlot, minha irmã! O esplendor causado por uma estrela, que reluz ao alcance de nossa visão, proporciona deslumbramento temporário, desaparecendo ao ensaio da tempestade. A alegria perene habita muito acima das intempéries do mundo!

– Recusas-te a viver as alegrias temporárias e te flagelas em nome da renúncia?

— Ao contrário — respondeu o tribuno. O homem que busca a euforia, embriagando-se, acaba por praticar o autoflagelo, colhendo os resultados de seus desvarios no mal-estar do dia seguinte. E as alegrias temporárias a que te reportas nada mais são do que gargalhadas fugidias, perdidas aparentemente no espaço físico, e que deixam doloridas marcas na consciência de quem as emitiu!

Portanto, quem realmente está renunciando à vida não é aquele que parcimoniosamente aspira aos bons ares, mas, sobretudo, o infeliz que inadvertidamente gera fumaça!

A artista corou de raiva e voltou à carga.

— Quem tu pensas que sejas para me dizeres tais coisas?

— Teu irmão!

— És um bruxo pretensioso!

— Mas, acima de tudo, teu irmão!

— Fica calma, Charlot — interveio Catarina. A intenção de Evaristo é a melhor possível e zela pelo teu bem-estar.

— Não necessito dos cuidados de ninguém; ao contrário, quem deveria cuidar-se são os cooperadores desta casa!

— Charlot?! — advertiu a amiga.

Diante da insinuação da cantora, Evaristo replicou:

Juntos no Infinito

– Por favor, minha irmã, se existe algo a ser feito nesta casa, que até então nos passou despercebido, esclarece-nos, e tomaremos imediatas providências!

Desconcertada com a serenidade do tribuno, a artista sentiu o ímpeto de descarregar-lhe toda a sua cólera. Esteve prestes a dizer que a casa de socorro seria destruída para sempre com um fulminante ataque, entretanto, mirando o olhar preocupado de Catarina, limitou-se a ameaçar:

– Não perdes por esperar!

Dito isso Charlot deu as costas ao tribuno, enlaçou a amiga e dirigiu-se para a porta de saída.

– Charlot, quase puseste tudo a perder! – disse a enfermeira.

– A pose desse homem me transtorna. No instante em que penso que se tornou uma presa fácil e procuro insinuar-me, aí é que vem o revertério!

– Evaristo não é uma criatura comum – disse Catarina. Nesta casa todos se cansam, sentem sono e fome; ele, porém, nunca demonstra exaustão, apesar de se ocupar o dia inteiro. Visita os quartos dos enfermos, noite adentro, e alimenta-se como um pássaro!

– E não namora? – ironizou, com malícia, a artista.

– Sim! Evaristo morre de amores por Cleonice e vive fazendo-lhe declarações amorosas.

Álvaro Basile Portughesi / Euzébio

– Não me digas? – surpreendeu-se Charlot. Quem é a felizarda?

– É uma senhora internada nesta casa que recentemente acabou de completar 96 anos. Ela disse apaixonada pelo tribuno, e ele, para não magoá-la, acaricia seu rosto encarquilhado, como se estivesse acariciando uma boneca!

– Que desperdício! Chego a pensar nas vantagens dos 96 anos, contudo, não sei se adiantaria muito!

As duas riram e, em seguida, Charlot se despediu, deixando Catarina entregue aos seus afazeres.

Mariazinha trabalhava com Arsênio junto ao leito de uma enferma, quando teve a atenção chamada por um mensageiro.

– Uma carta para a senhora!

– Obrigada! – disse com o coração em descompasso.

Ao reconhecer a caligrafia do envelope, prendeu a missiva entre o polegar e o indicador, fitou o velho Arsênio, que sorriu com amizade, e pôs-se a abri-la nervosamente.

Era de Marcos, Mariazinha leu em voz alta.

Querida Maria

Ao chegar a Paris, fui recebido pela família de Charlot, como se eu fosse um velho conhecido; deram-me

Juntos no Infinito

hospedagem e facilitaram-me as visitas nos mais diversos locais, colocando à minha disposição a carruagem da casa, tornando-me possível, em curto espaço de tempo, a realização de compras e a verificação de tudo o que diz respeito aos meus estudos.

Passados os primeiros dias, em que o deslumbramento me tomara em razão das belezas contidas nesta cidade, uma saudade imensa se apossou do meu coração e a melancolia se acercou de mim, entristecendo-me. Acredita-me, estou te escrevendo com lágrimas a escorrerem em minhas faces.

A imagem da vovó Cleonice, estirada no leito, tem visitado constantemente o meu pensamento. A correria de Fabrícia e Priscila nas dependências da casa agita minhas lembranças, e o sagrado instante de oração, em que congregávamos nossas almas, mostra-me a figura emocionada de Evaristo, indicando a todos o caminho da redenção.

Confesso que não sabia quão doloroso é permanecer distante do meio da família; gostaria de poder, neste momento, alertar aqueles que convivem com os companheiros que Jesus colocou sob o mesmo teto, para que eles valorizem ao máximo a sagrada oportunidade, amando e compreendendo os acompanhantes de jornada, pois essa união tem uma importância tão grandiosa que não existe valor maior neste mundo.

Hoje compreendo o vazio que o andarilho transporta dentro do peito, como também o ancião que se encontra relegado ao abandono.

Mariazinha, minha querida, foi necessário, para que eu desse o devido valor à família, esse afastamento temporário. Entendo, agora, o amor que tens dedicado aos tristes do caminho!

Não supunhas que a solidão magoasse tanto. Ela é como um cérebro sem visão ou um corpo sem calor.

Estarei na casa de socorro mais breve do que pensas!

Um beijo do Marcos

Mariazinha levou a carta ao encontro do peito. A ternura contida naquelas linhas a envolveu tanto que a jovem não cabia em si de contentamento e emoção.

– Arsênio! – exclamou a moça. Marcos nos ama! E diz que está sentindo imensa saudade!

– Nunca tive dúvidas a esse respeito – afirmou o enfermeiro. Marcos sempre demonstrou grande amizade pelos companheiros e fez desta casa o seu verdadeiro lar!

– Arsênio, velho amigo! Dize-me que Marcos um dia voltará a laborar conosco!

– Afirmo inclusive que há possibilidade de Marcos não ficar na França!

– Por quê?

– Talvez eu saiba explicar! Sinto que a ligação

Juntos no Infinito

de Marcos é tão forte, em relação a esta casa, quanto o próprio oxigênio que ele deve respirar!

— Achas, de fato?...

— Sim, Mariazinha! E essa necessidade de aqui permanecer não se dá unicamente com Marcos, mas com todos nós que temos a responsabilidade de levar avante os ideais de Cristo!

Portanto, não é por acaso que nos reunimos debaixo deste teto com o fito de amenizar a dor alheia e aparar as próprias arestas. É verdade que alguns desertores preferem a fuga desses compromissos e acabam pagando alto preço pela deserção!

— Acreditas que Marcos perceberá essa necessidade?

— Creio que já percebeu, está explícito na carta que te enviou!

A esperança voltou a sondar o coração de Mariazinha. A missiva, repleta de palavras carinhosas, e as ponderações de Arsênio podiam sinalizar o retorno de Marcos para a casa de socorro, e quem sabe, para os seus braços.

A intervenção de Eustáquio

O bairro de Alfama despertou ensolarado. Corriam céleres os cabriolés, transportando o leite provindo dos sítios vizinhos. As sinetas dependuradas nos varais dos pequenos carros chamavam a atenção dos moradores. Mulheres saíam às portas para receberem as encomendas feitas para o café matinal.

– Bom dia, dona Jaci! – disse o entregador.

– Bom dia, Antenor! – respondeu a mulher.

– Já se acostumou com a nova casa, minha senhora?

– Sem dúvida, Antenor. Embora aqui o espaço seja menor em relação àquele onde morávamos, a mudança nos ensejou o contato com novas pessoas.

O homem despejou o leite na pequena vasilha que Jaci sustentava e disse:

– Minha senhora, ontem estive no Presídio de Sezimbra e, ao passar diante de uma cela, fui surpreendido ao avistar no seu interior a figura de alguém por quem sempre tive grande admiração e carinho.

— Viste Jeziel? — perguntou Jaci com alegria.

— Exatamente, senhora! A princípio, titubeei em aproximar-me, pois não o reconheci de pronto. A longa barba e o olhar profundamente triste deixaram-me em dúvida, mas assim que o encarcerado disse meu nome, a emoção foi tamanha que não pude conter as lágrimas.

Enquanto falava, o entregador foi retirando da algibeira da capa uma pequena folha de papel, que estendeu para a mulher.

— De que se trata? — perguntou Jaci.

— E para a senhorinha Mercedes. Estou atendendo a uma solicitação de Jeziel.

— Obrigada, Antenor, entregarei à minha filha! — exclamou Jaci, confusa, antevendo a reação de Mercedes, que ultimamente se negava até mesmo a dizer o nome do ex-namorado.

Jaci, ao entrar, defrontou-se com a filha que acabara de sair do banho.

— Bom dia, Mercedes! Estás pronta para o café?

— Sim, mamãe. Espero não me atrasar para o trabalho nesta manhã.

— Estás corada. Parece que as tarefas do mercado livre têm te surtido bons efeitos!

Juntos no Infinito

Mercedes, percebendo algo de diferente no tom de voz de Jaci, indagou:

— Pretende dizer-me alguma coisa, mamãe?

Jaci, indecisa, deu a volta em torno da mesa, aproximou-se de Mercedes e afirmou receosa.

— Sim minha filha, eu acabo de receber de Antenor esta carta enviada por Jeziel, endereçada a ti.

— Não a receberei! — disse Mercedes convicta.

— Tens certeza do que dizes minha filha?

— Plena certeza, minha mãe. O dia está belo demais para me indispor.

— Como queiras! — assentiu Jaci, colocando em seguida a carta sobre a mesa.

— Estou morto de fome! — disse Guaraci, ao aproximar-se das duas mulheres.

Os três sentaram-se à mesa. A carta ficara bem próxima a Mercedes, que, de quando em vez a olhava de relance. Jaci compadecia-se da filha ao notar a sua respiração ofegante. O clima de silêncio que se estabeleceu incomodou Guaraci.

— O que está acontecendo, parece que perderam a fala?

— Tua filha está sofrendo, meu querido...

— Por quê?

— Acabou de receber essa carta, enviada por Jeziel — disse Jaci, apontando o envelope que jazia sobre a mesa – e se recusa em saber o seu conteúdo.

Tomado de piedade, Guaraci mirava a filha que permanecia cabisbaixa. Os longos cabelos negros da jovem cobriam-lhe parcialmente o rosto, as lágrimas escorriam ao longo das madeixas. Diante do quadro, o pai não se conteve:

– Lê a carta, minha filha, quem sabe a mensagem de Jeziel traga para ti um novo alento. Se o amas como deixas transparecer jamais te proíbas de ser feliz!

Mercedes ergueu-se vagarosamente e, ainda com a fronte pendida, observou os pais que a miravam em dolorosa expectativa; recolheu a carta e disse com voz entrecortada.

– Às vezes... Fico a pensar... Como posso ser tão infeliz, possuindo pais tão maravilhosos...

Em seguida Mercedes retirou-se, tomou a carruagem e dirigiu-se para a casa de socorro. Durante o percurso, com forte emoção, ela abriu a carta.

Mercedes

Sol da minha vida

A reclusão encarcerou parte de mim, mas o coração vagueia insistindo em te buscar. Gostaria que este amor se transformasse em uma estrela para poder mirarte, acabando com a solidão que existe no presídio.

Juntos no Infinito

Quebraram a cítara e me apartaram do amor; no entanto, os homens desconhecem a força do verdadeiro sentimento. Ele consegue transpor os mais intrincados obstáculos. Vê, assim como esta carta chegou às tuas mãos, superando distâncias, haverei um dia de te reencontrar, para que se restabeleça a justiça.

Aprendi, certa vez, não me recordo quando, que "o amor é a força maior do universo, e Deus não se compraz em distanciar os que se amam" [1]. *Portanto, se tenho algo a ressarcir, e se desse ressarcimento depende o nosso direito à felicidade, saibas que a prisão será um gozo para mim!*

Insisto em dizer que te amo!

Jeziel

Presídio de Sezimbra

Após ler a carta Mercedes sentiu-se emocionada e trêmula, porém, ao se aproximar da casa de socorro sua atenção voltou-se para diversos policiais que permaneciam defronte ao portão.

– O que está havendo? – indagou assustada ao cocheiro.

– Não sei minha senhora, mas acredito que deva tratar-se de alguma inspeção de rotina.

---

[1] Frase dita por Frei Evaristo a Jeziel, que consta no romance *Eu, Você e as Estrelas*, quando os dois personagens viviam encarnação anterior. – Nota do autor espiritual.

Ao tentar ingressar no templo a jovem foi abordada por um policial.

– Aonde pensa que vai? – perguntou com aspereza. E diga-me, qual a sua ligação com essa casa?

– Trabalho em favor da instituição, vendendo trabalhos manuais no mercado livre – informou assustada.

– A senhora está presa! – disse o soldado, segurando, fortemente, o braço da moça.

– Por quê?

– Aguarde e saberá!

– Solte-me! O senhor está me machucando.

O soldado cerrou o punho e esmurrou a face da jovem que caiu sem sentidos. O sangue escorreu sobre a alva blusa.

Nesse momento, transeuntes e serviçais do Porto se acercaram, formando uma verdadeira multidão diante do templo.

No interior da casa, o comandante de serviço, após fazer a vistoria, ordenou que os cooperadores se alinhassem e tomassem o rumo da porta de saída.

– Estão todos detidos! Somente ficarão dona Catarina e as crianças, isto porque os menores não poderão ficar sem a guarda de um adulto – informou o oficial.

Juntos no Infinito

Assim que Evaristo, Arsênio, Mariazinha e Eleutéria foram conduzidos para a parte exterior da casa eles se defrontaram com Mercedes estirada junto à muralha.

O tribuno afastou-se dos demais e foi socorrer a jovem. O oficial se colocou à frente, lhe obstruindo a passagem.

Evaristo fitou serenamente o policial. Como que magnetizado o homem da lei afastou-se, para que a jovem recebesse o auxílio.

Ainda inconsciente Mercedes foi tomada nos braços e colocada juntamente com os demais cooperadores no coche policial.

O carro ia partir quando...

– Alto lá, senhor comandante!

Eustáquio chegava naquele momento.

– Quem é o senhor? – indagou o policial com enfado.

– Sou Eustáquio, assessor do senhor governador, e desejo que me informe acerca do que está ocorrendo!

– Fizemos a inspeção na casa e constatamos irregularidades.

– Como assim?

– Deficiência de arejamento e prática de bruxaria.

– Bruxaria?! – estranhou o assessor.

– Sim, surpreendi a feitura de ladainhas junto aos enfermos.

– Orações, quer o senhor dizer?...

– Pouco importa, recebi ordens para verificar irregularidades.

– Sim, concordo – afirmou Eustáquio. Porém, após a inspeção, é de bom alvitre que se efetue o relatório e o envie ao imperador, mas nunca a prisão em primeira instância.

– Tenho ordens para agir com severidade nos casos de distorções religiosas!

– E tem também – retrucou o assessor – o dever de cumprir a lei, e pelo que percebo o senhor a está transgredindo.

– Transgredindo? – ironizou o comandante.

– Sim, sou portador de um documento recentemente expedido pelo senhor governador, no qual reconhece esta casa como de utilidade pública.

– Onde está o dito papel? – perguntou o comandante nervosamente.

– Aqui está, senhor comandante! – Eustáquio estendeu o documento ao alcance do interlocutor que ficou pasmo.

Após verificar o manuscrito, o comandante passou a destra na fronte suarenta e ordenou:

Juntos no Infinito

— Desçam os bruxos. Eu me vingarei no relatório!

Mercedes acabava de despertar. Mariazinha sustentava sua fronte cuidadosamente, o que chamou a atenção de Eustáquio.

— O que houve com ela?

Os soldados entreolharam-se e um deles respondeu:

— Resistiu à ordem de prisão e fui obrigado a tomar providências!

— Senhor comandante! — asseverou Eustáquio. Não se esqueça de mencionar no relatório esse covarde incidente, sob a pena de compactuar com gratuitas agressões. Farei questão de examinar minuciosamente suas ponderações, para, em seguida, escolher os termos que vou inserir no inquérito que abrirei!

A turba comentava o episódio, provocando o burburinho. Entre a multidão encontravam-se Castro e Fernando que remoíam o acontecimento com ódio.

— Maldito Eustáquio! — vociferou Castro. Estragou tudo!

— Não se preocupe capitão, o dia está se aproximando.

O coche policial partiu, e os cooperadores voltaram, juntamente com Eustáquio, para o interior do templo. Catarina apressou-se em cuidar do ferimento da jovem Mercedes.

Arsênio, após abraçar efusivamente o assessor, indagou:

– O que te trouxe aqui nesta manhã?

– Senti saudades e resolvi visitá-los – respondeu com alegria.

– Munido do relatório do governador?

Eustáquio sorriu, tentou desconversar, mas acabou afirmando:

– Digamos que se tratou de uma agradável coincidência.

– Devo insistir em minhas perguntas? – indagou amistoso Arsênio.

– Se tal suceder eu serei obrigado a insistir em minhas respostas – disse Eustáquio com simpatia.

– Então, vamos para outro assunto – sugeriu o enfermeiro – o que também não deixa de ser uma interrogação. Quando se dará o teu casamento com Catarina?

– Na véspera do Natal.

– Dia 24 de dezembro?

– Sim, Arsênio. Espero restabelecer a união da família, esse ainda é o meu maior desejo.

– Já escolheste a capela?

– Solicitarei a Evaristo que meu enlace com Catarina se dê aqui mesmo, nas dependências do templo, sob a égide da simplicidade, abençoado por uma única prece. Será que ele permitirá?

— Tenho certeza que sim! O Evaristo conhece as alegrias de servir a um amigo e, pelo que estou informado, ninguém está proibido de realizar os esponsais dentro da própria casa.

— Consideras que esta casa me pertence?...

— Sem dúvida! — confirmou o enfermeiro. Ainda há pouco defendeste esta instituição com tanta determinação que parecias preservar a própria vida!

— Talvez seja pelo fato das meninas, Catarina e Eleutéria se encontrarem abrigadas por este teto!

— Também, caro amigo! — obtemperou Arsênio — mas temos a convicção de que existe algo mais profundo a ponderar...

— O quê?

— Ouvi certa vez de Evaristo, em uma de suas preleções, que o teto que nos abriga de múltiplas tempestades não é exclusivamente um instrumento que protege, mas, acima de tudo, uma gleba que reclama a boa semeadura por parte do protegido. Daí, o alto grau de responsabilidade que gravita na órbita de nossa consciência.

— E quanto ao lar, Arsênio, o que me dizes do comportamento de Andréia que o abandonou, negando, principalmente, à Fabrícia e à Priscila os seus carinhos?

— Tocaste num assunto que me fala muito diretamente, pois minha família também, um dia, viu-se abandonada por mim.

– Desculpa-me! Eu não queria...

– Não faz mal; infelizmente carrego essa triste experiência e sei que, embora esse ato leviano tenha concorrido para a fome e ultraje de minha família, a dor que sinto até hoje não tem sido menor. É doloroso, Eustáquio, ouvir esses queixumes daqueles que Deus nos confiou.

A vergonha que me persegue causa-me alucinações. Nos meus delírios eu vejo um cortejo de pessoas que passam sadias e bem-vestidas, mas sempre acompanhadas pelos meus familiares, que trajam farrapos e demonstram as marcas da indigência no olhar amargurado.

– Eles pereceram? – indagou Eustáquio pesaroso.

– Quase todos. E a fome maior que sentiram não foi aquela que minava os seus corpos, mas a da moral que determinou o aniquilamento.

– Disseste quase todos, então...

– Sim! Quis a Misericórdia Divina que um dos meus filhos sobrevivesse.

– Gostaria de conhecê-lo – disse o noivo de Catarina.

– Sim! Por ele já se teria declarado meu filho há muito tempo, contudo, solicitei que aguardasse por não me julgar merecedor de tanta honra.

– Penso que consegui reabilitar-me em tempo – exclamou Eustáquio – por pouco, não me tornei um molambo, desses que farejam as portas das cantinas.

– Ainda bem que tiveste a fortaleza necessária para te safar da derrocada.

– Não foi bem assim, meu caro Arsênio. Estenderam-me a mão, do contrário, acredito que estaria até hoje provando o amargor do infortúnio, isto porque sou extremamente sensível às coisas do coração e, quando sucedem adversidades nesse campo, meu primeiro passo é o de perder o equilíbrio.

– Agora, porém, tens motivo de sobejo para antever a felicidade que te espera e tudo indica que serás muito feliz ao lado de Catarina!

– Assim espero! – afirmou Eustáquio com um sorriso de esperança. Catarina tem sido o abençoado abrigo que surgiu na aridez do meu deserto, e posso afirmar que ela tem representado o sagrado laço que reunificará minha família!

– Parece-me que estás realmente apaixonado!

– Como nunca! – respondeu, voltando o olhar para o alto. Gosto da vida simples e caseira, e Catarina, possuindo os atributos da simplicidade, por certo, acompanhar-me-á nesse caminho! O cargo que hoje ocupo na esfera do palácio tem me solicitado para as convivências sociais, entretanto, as futilidades desses saraus não me atraem.

— Papai — disse Priscila, aproximando-se acompanhada de Fabrícia e Catarina — a mamãe não quer deixar-nos brincar na escola dos escravos.

— Por que minha querida?

— Ela diz que nós fazemos reboliço.

— O quê?

— É rebuliço que ela está querendo dizer — disse sorrindo Catarina. E tem mais — protestou, ainda ontem, quando as duas promoviam verdadeira algazarra naquela sala, fui certificar-me do que estava acontecendo e surpreendi Fabrícia ostentando um punhal.

— Minha filha! Então brincavas perigosamente?

— Eustáquio — ponderou a enfermeira — precisamos avaliar o que sucede com Fabrícia. Quando a convidei a deixar a arma ela me fitou com o olhar esgazeado e, em seguida, investiu contra mim.

— É mentira, papai — adiantou-se Fabrícia. Nós adoramos mamãe Catarina.

— É verdade! — discordou Priscila. Se não fosse o tio Evaristo a estas horas mamãe Catarina estaria ferida.

— E não aplicaste umas palmadas no seu traseiro? — perguntou Eustáquio para a enfermeira.

— Não. Com a intervenção de Evaristo ela se acalmou e começou a chorar, diante disso, não tive coragem de reprimi-la.

Juntos no Infinito

— E essa arma a quem pertence?

— A Leocádio, o escravo de Antônio Castro.

— Ele anda armado nas dependências do templo?

— Até recentemente sim, mas depois de prometer a si mesmo desvencilhou-se do punhal, colocando-o na caixa de ferramentas que se encontra no interior da escola.

— Resolveu dispensar a arma?

— Sim! Alega que se converteu ao Cristo e a sua defesa será o Evangelho.

As duas meninas, após receberem a aprovação da enfermeira, foram brincar no átrio da escola. Eustáquio, enlaçando a noiva, acompanhou-a até junto de Mercedes, que recebia as atenções de Mariazinha e Evaristo.

Conversavam animadamente a respeito do casamento de Catarina e Eustáquio, que se daria na semana seguinte. Os noivos expunham seus planos, demonstrando nos entreolhares os visíveis sinais de felicidades.

Os minutos transcorriam tranquilos e repletos de projetos, quando Ernesto, apoiando-se no forcado, entrou à casa de socorro. Catarina, avistando-o, solicitou licença aos circunstantes e apressou-se em recebê-lo.

— O que fazes aqui?

— Acabo de trazer uma remessa de frutas, atendendo a uma antiga solicitação de Guaraci, mais foi somente um pretexto que utilizei para chegar até aqui.

— O que desejas? — perguntou de remanso.

— O capitão pretende vê-la ainda esta noite, e o encontro deverá ser na Cantina dos Navegantes.

— Por que o Castro não enviou o Anacleto para notificar-me?

— O danado ainda não apareceu e isso está preocupando o capitão.

— Ele não tem motivo para se preocupar; eu darei conta do recado e depois restou o Leocádio para me auxiliar no "serviço".

— Também vou colaborar.

— Tu?

— Sim! As aulas foram interrompidas em razão da mudança de Mercedes para Alfama. Eu as tomarei com Evaristo, a partir de agora; assim estarei por perto na hora da refrega.

— O pessoal poderá estranhar essa tua nova decisão. Se tu vens até Alfama, porque a opção por Evaristo e não por Mercedes para a retomada das aulas?

— Manifestei o desejo de poupar Mercedes do acúmulo de afazeres, já que seus préstimos no mercado livre a absorvem consideravelmente.

— A quem te reportastes?

– A Jaci e Guaraci e parece que ambos engoliram o lagarto! – disse rindo. Agora basta aguardar o desenrolar...

– Como? – atalhou a enfermeira.

– Mercedes será informada pelos pais desta minha nobre decisão e a bela jovem, por certo, comentará com Evaristo.

– És muito engenhoso.

– Foi o capitão quem sugeriu a artimanha.

– Ah! Já estava desconfiada! Procura dar a volta pela porta lateral e coloca as frutas na despensa; é bom que se evite qualquer interrogatório acerca da ausência de Anacleto.

– Tens razão, até breve! E não te esqueças do encontro com o capitão.

– Fica tranquilo.

Catarina retornou para junto de Eustáquio e de outros cooperadores que ladeavam Mercedes.

– Onde estiveste querida? – indagou Eustáquio.

– Fui atender a um enfermo na ala 02, mas agora está tudo bem.

– Catarina! – disse Evaristo com alegria. Estamos programando uma surpresa para Guaraci. Ele está aniversariando e nada mais justo do que festejarmos juntos o acontecimento. Eleutéria prontificou-se em preparar os confeitos.

– Quando será a comemoração?

– Hoje à noite.

– Hoje?!

– Sim! – confirmou. E à primeira vista não há nenhum impedimento, a não ser que tenhas algum compromisso!

– Não! Não! – titubeou Catarina. Estou... Estranhando... Essa decisão de última hora.

– Isto, porque – esclareceu Mariazinha – somente agora Mercedes nos informou a respeito do aniversário.

– É verdade – concordou a filha de Guaraci. Hoje pela manhã fiquei tão desnorteada por haver recebido uma carta de Jeziel que acabei por me esquecer de cumprimentar meu pai pela efeméride.

– Ofertamos-lhe uma lembrança? – sugeriu Mariazinha.

– Ótimo! – apoiou Evaristo. Só resta saber quem se encarregará de comprá-la!

– Eu farei a compra – prontificou-se Catarina, vislumbrando a possibilidade de sair durante a noite.

– Eu a acompanharei – disse Eustáquio.

– Não, meu querido. Com os acontecimentos desta manhã, algumas providências não foram tomadas na área da enfermagem, e receio não poder ausentar-me agora, contudo, aproveitarei para adquirir o presente no período noturno, na loja de uma velha amiga.

– À noite? – estranhou Eustáquio.

– Sim. Ela reside nas dependências do estabelecimento comercial.

– Se estou dispensado desse compromisso, então seguirei agora para Sezimbra, pois o governador me espera.

– Vai com Deus, querido! – disse Catarina, sob o olhar de simpatia dos cooperadores, inclusive o de Mercedes que perguntou ao assessor:

– Se vais para Sezimbra, poderias prestar-me um favor?

– Certamente.

– Desejo enviar uma carta a Jeziel.

– Com maior prazer! – sorriu Eustáquio, acreditando em uma possível reconciliação do casal.

Mercedes afastou-se dos demais. Tomou da pena e permaneceu pensativa por breves instantes; recordou o sol da tarde que parecia singrar o Tejo, o som apaixonado da cítara, envolvendo o ambiente agreste e embalando o seu coração de mulher com sonhos venturosos. Recordou os cabelos anelados de Jeziel que, deitando-se sobre a fronte, reluziam acariciados pela brisa.

Iniciara a carta. Embora indecisa quanto aos termos que utilizaria, resolveu aceitar os ditames do coração.

Jeziel:

A carta que acabei de receber deu-me a coragem para env...

— Estás escrevendo?

— Ernesto!

— Parece que viste um fantasma?! – exclamou o ex-cativo ao notar a palidez da jovem.

— Não! Absolutamente! – disse desconcertada.

— Qual, então, o motivo que te leva a esconder a carta, abafando-a com as mãos?

— Foi um impulso momentâneo – disse Mercedes, e recobrando a coragem, prosseguiu: – Estou me correspondendo com Jeziel.

— Ainda não aprendeste? Acaso não sabes que o facínora está expiando seus inúmeros crimes e a total solidão do cárcere será para ele o melhor remédio? Se pensas que o auxilias com esse tipo de mimo estás muito enganada!

— Pretendo somente enviar-lhe algumas linhas de incentivo.

— Incentivá-lo para quê? Esse teu gesto certamente poderá redundar em falsa interpretação.

— De que maneira?

Juntos no Infinito

— Que o tens apoiado, apesar de tudo, o que acarretará a sua permanência na marginalidade e desmandos.

Mercedes ouviu as ponderações de Ernesto e fitou-o na tentativa de avaliar o grau de sinceridade em suas palavras, mas o ex-cativo, procurando descontrair o semblante e fingindo serenidade, prosseguiu:

— Eu também desejo o melhor para Jeziel. Todavia, sua volta para o meio da sociedade, em minha opinião, deverá ocorrer quando ele tiver pagado até o último ceitil pelos seus crimes!

— Acreditas, realmente, que Jeziel tenha cometido toda a sorte de violências? — perguntou a jovem em tom de amargura.

— Minha cara Mercedes! Não presenciaste os episódios brutais gerados pelo libertino, caso contrário, recusarias dirigir-lhe a palavra!

— Confesso que me custa crer que Jeziel pudesse ter a descompostura de molestar as cativas. O dia que me informaste a esse respeito, a dúvida apossou-se de mim, pois sempre o tive por honrado e respeitador.

— O sítio de Antônio Castro é um depósito de escravas-mães, e a maioria emprenhada pelo moço, isso sem falar naquelas cujos companheiros foram ultrajados e até hoje remoem a vergonhosa situação!

A essa altura, Mercedes amassara a carta entre as mãos, nervosamente. Ernesto ensaiava as despedidas, quando o assessor do governador aproximou-se:

— E, então, Mercedes, tu escreveste a carta?

— Não, Eustáquio, eu mudei de ideia, lamento causar o teu atraso.

— Não tem importância, aproveitei esses minutos para ficar com Catarina, e notando a presença do ex-escravo Eustáquio estendeu a mão, cumprimentando-o.

— Ah! Desculpem-me — disse Mercedes. Nem atinei com o dever de apresentá-los.

— Eu já o conheço! — informou o assessor.

— Sim, meu senhor! Estive albergado nesta casa por algum tempo.

— Mas... Afirmou Eustáquio reticencioso, a última vez que o vi... Parece-me que não foi exatamente aqui!...

— O senhor deve estar enganado — obtemperou Ernesto, a não ser que tenha visitado o sítio de Mercedes!

— Ah! Já sei! Estiveste em Sezimbra. Agora me recordo perfeitamente!

Ernesto mal se sustinha sobre o forcado, e tentando sair do embaraço alegou:

— O senhor está equivocado, por certo, viu alguém muito parecido comigo.

— Não! Não! Eu sou muito bom fisionomista e estavas nas dependências do presídio...

Juntos no Infinito

– No presídio?! – exclamou surpresa Mercedes. O que fazias naquele local?

– E se a memória não me falha encontravas-te no pátio, recolhendo os papéis que jaziam no chão.

Naquele momento Ernesto sentia o suor escorrer pela fronte. Mercedes, fitando o assessor, ponderou:

– Creio mesmo que deva se tratar de um engano. Papai jamais permitiu que os seus colaboradores tivessem a necessidade de recorrer a esses meios para sobreviver.

– Não é possível, Mercedes – insistiu o noivo de Catarina. Tenho a figura desse rapaz bastante viva em minha lembrança e, se não ouvisse de ti a informação de que ele trabalha no sítio de Guaraci, eu juraria tê-lo visto naquela tarde em que os detentos se evadiram.

Ernesto estremeceu; a ligação dos fatos poderia incriminá-lo. O assessor, percebendo a inconveniência de suas observações, resolveu desviar o rumo da conversa.

– Então, querida amiga, quando mudares de opinião quanto ao envio da carta a Jeziel, eu estarei ao teu dispor.

– Obrigada, Eustáquio.

– Até breve, amigos – despediu-se o assessor, olhando o ex-cativo com especial atenção.

Assim que o assessor se foi, Ernesto retirou-se para evitar qualquer pergunta de Mercedes, em relação à sua estada em Sezimbra.

Ao cair da tarde, Evaristo, após encerrar as suas atividades reativas à organização da casa, dirigiu-se para a ala de ensino, quando foi abordado por Mariazinha.

— Caro amigo, necessito dos teus préstimos. Tenho vivido incertezas que abalam o imo do meu ser.

O tribuno sorriu para a cooperadora e adiantou-se:

— Não me digas que a previsão de Arsênio estava certa!

— Realmente, estou grávida! E pela primeira vez grande insegurança se abate sobre mim.

— Tens receio de que venha faltar o necessário para o teu filho?

— Não no que se refere ao indispensável para seu sustento, mas temo que venha carecer do arrimo moral que a presença de um pai pode oferecer.

— Não pretendes informar Marcos a respeito do que aconteceu?

— Pelo que Charlot me disse, Marcos decidiu desposá-la; diante disso, não creio que seria justo colocá-lo a par da situação. Todavia, a educação do meu filho é algo que me está tirando o sono. Por favor, bom amigo, dize-me como proceder?

— Maria — disse o tribuno, às vezes, pensamos que a chuva torrencial irá abater-se sobre nós, entretanto, basta que o vento mude de direção para o aguaceiro não acontecer.

— Então, o que farei?

— Aguarda simplesmente o desenrolar dos fatos; quem sabe a afirmação de Charlot não se concretize?!

— E se realmente Marcos casar-se com Charlot, achas que estou apta para educar meu filho adequadamente?

— A educação de um filho não se dá somente a quatro mãos, mas, principalmente, com o coração repleto de amor, cujo sentimento tu possuis de sobejo. Mariazinha, quantas mães prosseguiram sozinhas no caminho árduo de orientação aos teus rebentos; nem por isso esses lares, onde as dificuldades grassaram, deixaram de oferecer ao mundo criaturas que prestaram relevantes serviços à Humanidade.

— Achas que meu filho, mesmo sem o apoio paternal, poderá vir a ser um grande homem?

— Tem grandes chances, pois se iniciará na vida, sendo filho de uma grande mulher.

Ante as considerações de Evaristo, Mariazinha mudou até a postura. Ela que até aquele momento permanecia com os ombros recurvados e a fronte ligeiramente pendida, respirou fundo, ergueu a cabeça e disse:

– Bom amigo! Acabo de ganhar um novo alento que certamente me ajudará a conservar a esperança em dias promissores, no que tange à maternidade. Peço ao Senhor da vida que te conserve as luzes do entendimento, para que propicies sempre aos que te cercam a ventura deste convívio!

– E como te sentes em relação a Marcos? – perguntou o tribuno.

– Muito indecisa caro Evaristo. Entretanto, algo me diz que deverei aguardá-lo.

– Quanto tempo?

– Somente uma eternidade!

– É assim que se fala querida amiga. Enquanto o desamor dá mostras de precipitação, o amor sublime demonstra um novo entendimento em relação ao tempo. Geralmente temos pressa na conquista, sem avaliarmos que a própria árvore, entre o germinar da semente e a altura das frondes, passou pelo saudável processo de submissão às leis da natureza.

– Evaristo – arriscou Mariazinha – e quanto à pessoa que, julgando-se com o direito à felicidade imediata, atira-se noutros braços sem medir as consequências?

– Essa pessoa – respondeu o tribuno – engana-se ao pensar que conquistará o Éden, principalmente se para tanto decidiu abandonar sagrados compromissos familiares. Não há criatura que consiga usufruir de uma estrada iluminada, atirando sombras naqueles que a Providência Divina colocou a seu lado.

– Como sabes até aonde vai o compromisso de cada um na órbita do lar?

– Mariazinha, querida companheira, aqueles que partilham conosco a intimidade de quatro paredes são parceiros que tomamos por empréstimo das mãos divinas, e não temos o direito de feri-los, mas o dever de tudo fazermos para auxiliá-los na escalada evolutiva.

– Quer dizer que esse tipo de encargo é duradouro?

– Assim como o do lavrador que deve cuidar das plantas, do nascer ao pôr do sol!

Depois de mais algumas palavras carinhosas, Evaristo seguiu para a ala de ensino, deixando a futura mamãe no salão do templo. Ela refletia acerca das considerações do amigo quando bateram à porta.

– Entre, Charlot!

– Obrigada, Mariazinha. Estou exausta, minha vida ultimamente tem sido uma correria dos infernos!

– Por quê?

– Quem casa quer casa, minha filha! Já faz dias que procuro acomodação; felizmente, depois de muitas idas e vindas, acabei de encontrar uma que está bem de acordo com o meu gosto e o de Marcos.

Mariazinha notou nas palavras proferidas com arrogância, o intuito da cantora em magoá-la, entretanto, limitou-se a indagar:

— Mas como? O estudo de Marcos em Paris não será empecilho para que residas em Portugal?

— Eu não disse moradia, mas, sim, acomodação para temporadas — retrucou, bocejando. E o meu Marcos que me perdoe, pois fiz questão de escolher a vivenda bem distante deste local.

— Qual a razão? — perguntou Mariazinha com voz trêmula.

— Não permitirei que ele seja molestado em seus instantes de lazer, principalmente pelas rotinas do templo.

— Charlot, será possível que não te sentes bem no interior desta casa?

— Por que deveria sentir-me?

— Pelas emanações de carinho que se agitam no ar.

— Sinto somente o odor de trapos que acobertam feridas e ouço o gemido de velhos e crianças atormentando meus ouvidos, como se fossem animais agonizantes e depauperados. Eu é que não consigo compreender. — Como uma pessoa jovem como tu suportas este antro nauseabundo?!

— E qual o motivo de tuas constantes visitas a esta casa, se realmente a detesta?

Charlot ruborizou-se, não esperava tal interpelação. Como dizer que ali se encontrava a mando de Antônio Castro, com a finalidade de acompanhar Catarina até a Cantina dos Navegantes?

– Onde se encontra Catarina? – perguntou secamente.

– No atendimento aos enfermos – respondeu Mariazinha.

Antes de se afastar, Charlot, não se dando por satisfeita, lançou o último reproche:

– Marcos insiste que tu e Arsênio sejam os padrinhos de nossos esponsais, portanto, não se esqueçam das vestimentas apropriadas para a ocasião!

Mariazinha voltou o olhar para o vestido ordinário que trajava, enquanto a cantora lhe dava as costas e rumava em direção aos aposentos dos albergados.

A enfermeira, quando se apercebeu da aproximação de Charlot, afastou-se do leito do assistido e foi ao seu encontro.

– O homem mandou te buscar – disse em surdina a artista.

– Não te preocupes; já tomei as providências. Arranjei um bom motivo para sair esta noite, porém terei de retornar o mais breve possível.

– Por quê?

– Fui incumbida de adquirir um presente de aniversário para Guaraci, que virá aqui ainda esta noite.

— Estás louca? O capitão não vai querer liberar-te, de pronto, e, pelo que ele me informou o comandante Hermes também estará na cantina, para fazer-te a corte.

— O comandante?! — surpreendeu-se Catarina.

— Isso mesmo! E dizem que ele está irredutível e não aceitará mais desculpas.

— O que farei?

— Tudo, ora essa!

— Deixa de brincadeiras. Estou entre a cruz e a espada. Para o pessoal do templo minha ausência terá a finalidade de providenciar a encomenda e, se eu me atrasar em demasia eles poderão desconfiar.

— Está bem! Eu me encarregarei da compra do presente, enquanto isso tu atendes ao chamado do capitão e às lisonjas do comandante.

— Ótimo! Assim estará melhor. Contudo, ainda não encerrei meu trabalho, faltam alguns pacientes para receberem medicamentos.

— Deixa-os para lá, minha amiga. Esqueces-te de que nesta semana estarão todos mortos?

— É verdade! Todavia, é bom que se evite qualquer suspeita que possa colocar tudo a perder.

— Por falar em suspeita — acentuou Charlot — e, quanto ao Eustáquio, como tem se comportado a respeito de suas eventuais saídas noturnas?

Juntos no Infinito

— Tem demonstrado confiança em mim, isto porque tenho procurado aliar minhas saídas com a compra de algum utensílio que venha suprir as necessidades do futuro lar com que ele tanto sonha.

— Percebo que acabarás pendendo para o lado do ex-comandante Hermes – maliciou a cantora.

— São contingências da vida, minha cara, depois de 23 de dezembro a cabeça de Eustáquio estará em ruínas.

— Não vejo tanta desgraça assim! – exclamou friamente Charlot.

— Não te esqueças do que ocorrerá com Fabrícia e Priscila!

— Terás realmente coragem para realizar a promessa que fizeste a Antônio Castro?

— Sim, essa é uma exigência do capitão, e terei de atender, pois, segundo ele, será uma forma de comprovar que nesta casa operam servidores fanáticos e insensíveis.

— Então, que seja feita a nossa vontade! Ah! Ah! Ah! – gargalhou a artista.

Um grito na noite

Ao anoitecer, Antônio Castro, fazendo-se acompanhar pelo ex-comandante, direcionou sua carruagem até a Cantina dos Navegantes. Ambos entraram e entregaram-se à bebericação.

– Hermes – disse Castro apertando o copo – a única coisa que me está intrigando nisso tudo é o desaparecimento de Anacleto.

– Bem, já descartamos a hipótese dele ter-se acovardado, após o experimento da droga que ocasionou a morte da enferma. Não recebemos informação alguma de que se tenha transferido para qualquer outro sítio. Vasculhamos os livros de registros das prisões e não encontramos seu nome relacionado em nenhuma delas.

– Não há dúvida! – concordou Castro. O pessoal tem demonstrado o máximo empenho com a finalidade de encontrá-lo, porém isso não me devolve a tranquilidade. Faço questão de ter pleno domínio da situação, pois, com uma raposa andando à solta, "o galinheiro inteiro pode correr perigo"!

– Larga as cismas – caro amigo – no entanto, aconselho-te que reforces o plantão da casa de socorro.

– Por quê?

– Confesso que tenho minhas dúvidas quanto à fidelidade do escravo Leocádio.

– Verdade?

– Se ele tem organizado ladainhas junto aos de sua espécie, tudo indica que tem recebido as "negativas" influências de Evaristo durante as aulas.

– Sabes que eu não havia pensado nisso?!

– É bom ficares atento, capitão. Com essa gente não se brinca!

– Eu cuido dele...

Naquele momento chegava Catarina que tomava assento junto aos dois homens.

– Toma alguma coisa, querida? – convidou Hermes.

– Não, obrigada! E lamento informá-los de que tenho pouco tempo nesta noite.

Os olhos de Hermes faiscaram e seu rosto tomou a expressão de desagrado. Catarina percebeu o mal-estar que se apossou do policial, mas prosseguiu:

– Inclusive Charlot se incumbiu de prestar-me um favor. Sem isso eu não teria o tempo hábil para

Juntos no Infinito

aqui estar.

– Vamos ao que interessa! – ordenou Castro. Em primeiro lugar, gostaria de saber como tem sido o comportamento do meu escravo Leocádio!

– Acho que tem sido normal – informou Catarina.

– Como normal – protestou Castro – se ele tem assimilado as sugestões do bruxo e descambado para as rezas e petitórios!

– Bem, quanto a isso não posso negar. Entretanto, tal fato é bastante compreensível, pois a alfabetização ministrada por Evaristo é feita em cima dos ensinamentos evangélicos.

– Vou dar cabo do negro! – vociferou Castro, esmurrando a mesa.

– Ele terá de me auxiliar quanto à distribuição do curare – disse Catarina.

– O Ernesto o substituirá.

– Quem se encarregará de eliminar Leocádio? – perguntou Hermes.

– Catarina fará o "serviço"! – disse Castro, encerrando o assunto a respeito do escravo.

Os três ainda permaneceram cerca de uma hora trocando ideias relacionadas ao plano. Charlot chegara e Catarina, tomando de suas mãos o pequeno embrulho, despediu-se.

No templo, enquanto Jaci e Mercedes se acercavam dos albergados, procurando oferecer-lhes incentivo, Guaraci conversava com Evaristo a respeito da solicitação de Ernesto.

— Será um prazer! — dizia Evaristo. Pode comunicar-lhe que estarei à sua disposição.

— Sabia que poderia contar com tua aquiescência e tomei a liberdade de me antecipar, convidando-o a iniciar os estudos amanhã.

— Perfeitamente! — exclamou o tribuno. Mercedes tem demonstrado grande valia e desenvoltura no mercado livre e também concordo que esse trabalho seja estafante. Não seria justo absorvê-la ainda mais com aulas noturnas.

— A minha filha tem se revelado extremosa. Preocupada com a saúde frágil de Jaci, agora resolveu auxiliá-la no desempenho dos deveres de casa.

— Diante disse — prosseguiu Guaraci — estou pensando seriamente em adquirir uma serviçal que resida conosco. Amanhã mesmo sairemos à sua procura.

— Por que não tentar um contato com Antônio Castro? — sugeriu Evaristo. Quem sabe ele possui a pessoa que desejas? E, se de fato te interessar, poderemos solicitar Leocádio que comente com Castro acerca de tua pretensão.

Diante do consentimento de Guaraci, Evaristo relanceou o olhar pelo salão do templo e acenou para

Juntos no Infinito

Leocádio e Mercedes que conversavam. Os dois se aproximaram, e o pai da moça explicou-se:

— Leocádio, por favor, notifica Antônio Castro do meu interesse em adquirir uma serviçal para trabalhos domésticos.

— Lamento meu senhor — disse o escravo sob o olhar estupefato de Mercedes — mas Antônio Castro nunca teve o hábito de manter escravas em seu sítio...

— Como assim?! — perguntou a jovem boquiaberta.

— De fato. O capitão alega que a permanência de escravas no sítio poderia gerar conflitos entre os negros, por isso, jamais permitiu a presença delas.

— Tens certeza do que estás dizendo, Leocádio? — tornou Mercedes com os olhos úmidos.

— Plena certeza, sinhazinha!

A verdade viera à tona. As acusações de Ernesto quanto ao comportamento de Jeziel em relação às escravas eram mentirosas. A jovem não conseguiu disfarçar o embaraço que a envolvia. Ainda sem coordenar bem o raciocínio, solicitou licença a Evaristo e Guaraci, tomou o escravo pelo braço, encaminhando-o para um canto do salão.

— Leocádio, bom amigo — disse emocionada. Tenho vivido incertezas que me queimam o coração e sei que tua condição de escravo sabe muito bem avaliar quão doloroso é suportar as vicissitudes da vida...

– Diga sinhá, estou pronto para auxiliá-la em tudo o que estiver ao meu alcance.

Mercedes mirou profundamente os olhos do negro como se estivesse tentando devassar-lhe a alma e perguntou:

– O que sabes acerca das mortes que ocorreram no sítio do capitão? Jeziel, porventura, participou do crime brutal?

Os olhos arregalados do escravo pareciam querer saltar das órbitas. Se incriminasse Jeziel estaria mentindo. Se o inocentasse estaria comprometido perante a justiça, pois havia testemunhado o linchamento efetuado por Fernando e seus comandados.

Ante a indecisão de Leocádio, a jovem implorou, às raias do desespero:

– Pelo amor de Deus, dize-me alguma coisa!

O escravo olhou com pesar para a jovem transfigurada e disse tentando acalmá-la:

– Sinto muito sinhazinha, mas a única coisa que posso dizer é que nunca presenciei nenhum ato de violência do sinhozinho Jeziel.

– E quanto aos escravos, ele não os açoitava?

– Nem pensar numa coisa dessas. O fato de ele ter deixado o sítio do pai e ter-se abrigado nesta casa foi exatamente por haver se negado a castigar os cativos. Uma prova disso é o socorro que prestou ao ex-escravo Ernesto, retirando-o da praça onde esmolava.

Juntos no Infinito

– Quem o retirou da mendicância foi Mariazinha – obtemperou a jovem.

– A pedido do sinhozinho que, condoído pela situação do rapaz, solicitou ajuda ao templo.

– Como lutar pela libertação de Jeziel? – pensava Mercedes. Se Guaraci fora apontado como primeiro suspeito da morte dos cativos, a reabertura do caso poderia fazer com que o nome de seu genitor voltasse à baila como possível causador da tragédia. Se seu amado, de fato, não cometera tal violência, qual a razão de haver confessado o delito? Possuiria ele tamanho grau de compaixão em relação ao seu semelhante, a ponto de sacrificar a própria liberdade para favorecer outrem?

– Estaria amando um anjo ou um demônio? As informações a respeito de Jeziel apresentavam-se, até então, extremamente contraditórias. Se Leocádio via no rapaz um verdadeiro amante da paz, Ernesto, por outro lado, desenhara um retrato sombrio e adverso do prisioneiro.

Assim que a moça se recobrou, parcialmente, das emoções, afagou, carinhosamente, a mão do escravo entre as suas, e foi ter com seus pais que já se achavam entre outros na plateia.

– Estiveste chorando, minha filha? – indagou Jaci.

– Sim, mamãe, mas está tudo bem agora.

— Presumo que deva ser algo relacionado a Jeziel.

— Exatamente! E estou achando que deverei rever minha posição quanto à grandeza de seu caráter.

— Qual o motivo dessa nova posição, minha filha?

— A princípio, as informações de Ernesto quanto ao comportamento de Jeziel me levaram a crer que o homem dos meus sonhos não passava de prevaricador e facínora. Todavia, hoje tomei conhecimento que boa parte das acusações feitas a ele não passavam de calúnias. Resta saber se o episódio que culminou no extermínio dos servos teve realmente a sua participação!

Guaraci que a tudo ouvia não se conteve.

— Quanto mais o tempo passa, maior se torna minha dúvida quando à culpa de Jeziel. Se ele, de fato, possuísse o gênio violento e a frieza tal para cometer semelhantes desatinos, por certo, os teria igualmente para se omitir a qualquer confissão, já que as autoridades tinham decidido acusar-me como verdadeiro assassino!

— Então, papai, o que o levaria a confessar um crime que não cometeu?

— Aí é que poderá estar o cerne da questão, minha filha! — enfatizou o genitor. Se pudéssemos aquilatar a grandeza do amor que Jeziel sente por ti, por certo, teríamos a resposta.

— Como assim?

— Somente um amor profundo poderia levar Jeziel a renunciar à própria liberdade para não te ver infeliz. Quem sabe, conhecendo ele os fortes laços que unem a nossa família, preferiu sacrificar-se em meu lugar, pensando que assim te faria menos desventurada.

— O senhor acha que ele chegaria a tanto?

— Sim, minha filha! Por que não? Foi exatamente o que acabei de dizer. Se, de fato, o amor que Jeziel nutre por ti possui tão grande dimensão, é concebível que tenha tomado essa resolução suicida com o propósito de favorecer te.

— Não sei o que pensar meu pai. Se ele transgrediu a lei de Deus e dos homens, carpirei a dor de sua ausência para todo o sempre e, se for inocente, sentir-me-ei a mais infeliz das mulheres por ter sido a causa do seu infortúnio.

O sofrimento de Mercedes contagiava os corações dos pais. Entre lágrimas a jovem abraçou-se a eles, dizendo com voz entrecortada:

— Desejo visitá-lo na prisão!... Este repúdio terá de findar um dia, pois, mesmo que não seja possível dedicar-lhe todo o meu amor que outrora embalou meus sonhos, sinto-me no dever de aconchegá-lo como irmão!

Nesse instante entrou Catarina que, após entregar a Mariazinha um pequeno embrulho que trazia, dirigiu-se à sala reservada à alfabetização dos escravos.

Rebuscou a caixa de ferramentas que se encontrava debaixo da velha cômoda, dela retirando um punhal.

Ocultando a arma sob a vestimenta, encaminhou-se até o corredor onde se defrontou com Leocádio.

– Estou com problemas, bom amigo – disse a mulher – e necessito de tua ajuda.

– Em que posso servi-la? – prontificou-se o escravo de Antônio Castro.

– Acontece que minha carruagem soltou uma das rodas exatamente quando eu transitava às margens do Tejo.

– Poderemos reparar a avaria assim que a oração no templo terminar – propôs o escravo.

– Acho que devemos tomar providências imediatas, pois receio que a neblina se acentue e dificulte a localização da carruagem.

O escravo concordou e acompanhou Catarina em meio ao espesso negrume que já envolvia a noite.

Conversaram muito até vencerem o longo percurso. Ao se aproximarem da carruagem avariada, o cativo ajoelhou-se, tentando recolocar a roda que se desprendera.

Catarina voltou o olhar para outra carruagem estacionada. Era Antônio Castro, que os observava a distância.

A mulher colocou-se por detrás de Leocádio,

cingiu o ar com o punhal e, quando o desceu, ouviu-se, ecoando na noite um grito de dor. O corpo do escravo ficou estirado à margem do Tejo, e Catarina, em um grande esforço, empurrou-o para as águas. Com um sorriso malévolo, Antônio Castro colocou em movimento sua carruagem e aproximou-se de Catarina dizendo com satisfação:

— Agora sei que poderei contar contigo no dia 23. Essa foi a prova de que eu necessitava para confiar-te a missão!

— Duvidavas da minha coragem?

— Confesso que não contava com tamanho destemor e sangue-frio, agora tenho certeza que eliminarás Fabrícia e Priscila, assim como todos os enfermos.

Depois de se cumprimentarem pelo Êxito da empreitada, despediram-se, e as carruagens partiram em direções opostas.

Quando Catarina entrou no templo, Evaristo proferia a prece de encerramento.

Senhor, que seja implantado

Em todos os corações humanos

Um ambiente renovado

Sem mágoas e desenganos,

Diluindo a violência
De forma definitiva,
Ofertando para a vida
A paz por excelência.

Que o trigo do chão nascido
Não seja o da avareza
E imitando a natureza
Que seja distribuído
Entre velhos e crianças
Dos subúrbios miseráveis,
Onde seres incontáveis
Já perderam as esperanças.

Sem o apego que enclausura
Ensina-nos a repartir
Enriquecendo o porvir
De paz, amor e ventura.

Na tribuna, ao lado de Evaristo, encontrava-se Arsênio, que dava mostras de profundas emoções. O contato com os preceitos evangélicos alterara-o, sensivelmente, a maneira de pensar. Analisando naquele momento o seu passado, avaliava quantos desatinos teriam sido evitados se, na época, tivesse seguido os ensinamentos do Cristo.

Olhando para a plateia que ocupava o salão do templo, admirava a disposição daquela gente simples em assimilar o Evangelho de Jesus. Eram casais que se faziam acompanhar dos filhos. Anciões que, mal podendo caminhar, venciam distâncias, em meio à noite fria. Enfermos, apoiados em ombros amigos, que demonstravam no olhar a esperança quanto à cura de seus males.

Arsênio sentia-se no interior de um novo mundo. Uma agradável sensação de leveza o transportava para o meio daquela multidão. Um amor incomensurável emanava de seu peito. Sentia o desejo quase incontrolável de abraçar a todos. Nos seus braços semiadormecidos a irrigação sanguínea tornara-se mais célere. Das extremidades dos seus dedos libertavam-se forças intangíveis.

Notando a transformação facial do enfermeiro, Mariazinha aproximou-se da pequena cega, que ladeava a sua mãe na plateia, e carinhosamente a conduziu até a tribuna.

Arsênio, com gestos vagarosos, acariciou a fronte da criança e disse:

– A luz provém de Cristo!

O silêncio total foi interrompido pela menina que, voltando-se para o povo que tomava o templo, gritou em prantos:

— Mamãe!... Estou... Vendo!!!

Com as mãos entre os cabelos, a jovem mãe chorava e ria ao mesmo tempo. Vibrando de emoção, ganhou passagem entre os assistentes, subiu à tribuna, atirou-se aos pés de Arsênio e lhe beijou as mãos repetidas vezes.

Com o olhar translúcido, a derramar duas lágrimas, os lábios do enfermeiro moveram-se:

— Recebe a bênção do alto e comemore este acontecimento com tua filha, entretanto, abençoa igualmente o lar que te abriga, aceitando teu marido de volta!

Estupefata a mulher respondeu:

— Sim, meu senhor! Eu e meu esposo sempre tivemos um pelo outro grande respeito, em que a compreensão era o suporte para o equilíbrio da família. Todavia, assim que a nossa filha adoeceu, creio que nos acovardamos diante do fato e colocamos tudo a perder com as desavenças.

— Perdido está aquele que se nega a reencontrar o caminho!

— Concordo meu senhor, e prometo que sairei em busca de meu esposo, para propor-lhe a reconstituição do nosso lar!

— Vai, porque Jesus te abençoa!

Encerrando o evento...

Juntos no Infinito

Guaraci exibia contente a toga que recebera de presente pelo seu aniversário. Eleutéria e Catarina distribuíam confeitos para a pequena roda de amigos. A alegria era geral. Fabrícia e Priscila davam o toque artístico com danças e momices.

Nesse ínterim, na prisão de Sezimbra, Jeziel recebia a visita de Eustáquio. Após os usuais cumprimentos, o assessor do governador, notando a melancolia que se estampava no olhar do prisioneiro, resolveu dar a boa notícia.

— Ganhaste o salvo-conduto e passarás o período do Natal em liberdade!

Jeziel esboçou um ligeiro sorriso em sinal de agradecimento; sentou-se sobre a laje que lhe servia de leito e, olhando fixamente para o nada, lastimou:

— Cheguei ao limite de minhas forças. Esta solidão conseguiu exaurir-me. Sinto-me qual fera enferma e encarcerada.

Condoído com a prostração a que o recluso se entregara, Eustáquio tentou reanimá-lo:

— Não vejo razão para tanto desânimo, justamente agora que terás a oportunidade de rever Mercedes!

— Na verdade — disse em tom de lamento — quando aqui chegaste as minhas esperanças se esvaíram.

— Serei por acaso portador de maus presságios? A notícia que acabo de dar-te é assaz alvissareira?

– Não há dúvida, caro amigo. Toda vida, a contumaz recusa da mulher que amo tem abalado profundamente meu gosto pela vida e qualquer desejo de liberdade.

– Qual recusa? – indagou o assessor, recordando o fato de Mercedes não se dignar enviar, por seu intermédio, uma simples carta ao prisioneiro.

– Esperava que Mercedes respondesse à missiva que lhe enviei. Aguardei essa carta, não como quem anseia por compaixão, mas como sinal de um sopro de vida, no amor que um dia ela confessou sentir por mim.

– Estás sendo demais pessimista!

– O que mais deverei esperar?

– Tudo, meu amigo – acentuou Eustáquio com energia. Acontece que, enquanto as mãos de Mercedes se negavam em se reportar a si, por meio de algumas linhas, notei no brilho de seus olhos o profundo sentimento de amor que ainda agita o seu coração de mulher!

–Tu estás me dizendo tudo isso na tentativa de reerguer-me, o que fico eternamente grato. Ao mesmo tempo, reconheço que Mercedes tem todo o direito de assim proceder, pois nada poderá esperar de um homem que ficará eternamente enclausurado.

– Enganas-te novamente, caro amigo, a tua liberdade poderá ocorrer mais breve do que imaginas.

– Como assim?

Juntos no Infinito

– O silêncio que envolve o teu caso se dá somente na esfera das aparências. Acaso pensas que demos o assunto por encerrado? Na verdade, nada poderei adiantar acerca do transcurso das investigações, para evitar prejuízos quanto ao seu andamento, mas prometo-te que sairás da prisão mesmo que isso nos custe ingentes sacrifícios.

– Dizes que devo alimentar esperanças quanto à minha libertação?

– Não somente quanto à liberdade, mas também no que diz respeito ao reatamento com Mercedes. A vida me ensinou a observar os olhos, que se encontram acima das bocas que falam, e isso me tem garantido a diminuição da margem de erros que, eventualmente, alguma criatura tente me impingir.

Esforçando-se para se reanimar com o intuito de não decepcionar o amigo, que se desdobrava para incentivá-lo, Jeziel esboçou um sorriso mesclado de amargura e disse amistoso:

– Então, quer dizer que Catarina tem diante de si um analisador implacável?

Eustáquio riu do gracejo e exclamou:

– Até quando ela diz que me ama eu exijo que ela o faça de olhos abertos!

O assessor despediu-se do amigo. Jeziel recostou a cabeça no travesseiro na tentativa de adormecer. A noite ia alta. No firmamento as pálidas estrelas tentavam devassar a nebulosa que se fazia densa. As gramíneas que circundavam o pátio do presídio exibiam em suas folhas o orvalho que as lamparinas acentuavam.

Mercedes e seus pais deixaram a casa de socorro, retornando ao lar. Catarina, abraçando-se à Fabrícia e à Priscila, adormeceu profundamente. Somente Mariazinha, com os olhos fixos no teto, não conseguia conciliar o sono. Com a mente voltada para a longínqua Paris remoía a saudade que sentia de Marcos.

Com a lembrança de seu amado e as mãos sobre o ventre, onde se agitava o filho em iniciação, murmurou emocionada!

– Boa noite, meus amores!

Venerável Benfeitora

*D*ois dias se passaram, e o misterioso desaparecimento do escravo Leocádio entristecera os cativos do sítio de Antônio Castro. O negro convertido estabelecera entre os serviçais um clima de religiosidade, semeando a esperança naqueles corações sofridos.

O capitão, homem dado à perseguição de escravos que se evadiam, não fizera nenhum tipo de alarde, nem mesmo designara os capitães-do-mato para saírem ao encalço do fugitivo. Tais conjecturas faziam parte do comentário geral.

Alheios ao fato que consideravam coisa do passado, Charlot e Castro hauriam o ar da manhã no átrio do caramanchão.

— Em breve não poderás gozar das noites, nem das beneplácitas manhãs deste sítio.

— O fato de estar casada com Marcos não impedirá que eu continue a vir aqui.

— Espero que realmente estejas pensando assim, pois não abrirei mão de estar contigo. Já me habituei a sugar o néctar de teus lábios e me aquecer no cadinho das tuas emoções.

– Trata-se de uma confissão de amor ou estou enganada? Nunca te senti tão afável e caloroso! Ou poderá ser obra de ciúmes?

– Ciúmes?! – retrucou Castro. Não esqueças que, embora venhas a desposar Marcos, continuarás sendo minha mulher.

– Fazes questão? – maliciou Charlot.

– Faço! Porque tenho direitos.

– Direitos?!

– Exatamente, ou pensas que as propriedades que te ofereci não me autorizam a assim pensar?

– Dás a cama e queres dormida?

– Tudo tem o seu preço, minha cara, ou acaso acreditas que eu iria "vomitar fortunas para lamber misérias"?

– Teu romantismo é tão passageiro como a luz de um pirilampo; nunca vi coisa igual – reclamou Charlot.

– E a tua memória é tão curta quanto a minha paciência; saibas que, se um dia te negares ao cumprimento das antigas promessas que fizeste, cantarás no inferno juntamente com o bruxo.

– É uma ameaça?

Juntos no Infinito

– Entende como quiseres. E não é só isso. Com a mesma presteza que fiz algumas concessões em teu favor, tomá-las-ei de volta, custe o que custar! Sabes muito bem que, entre as minhas maiores virtudes, a primeira é a de ser implacável!

Os olhos da cantora faiscavam de ódio; seus lábios contorcidos exibiam dentes que se assemelhavam às presas de um cão enraivecido; seus ouvidos registravam sugestões para que atacasse o ofensor.

Castro sentia a fronte em brasa, seus dedos dobraram-se encravando as unhas nas próprias palmas das mãos. Com os ombros recurvados e o pescoço reduzido assemelhava-se a um animal que se prepara para dar o golpe. Nos seus tímpanos uma voz dava ordem de comando: ação, ação.

Charlot e Castro, fitando-se estranhamente, engalfinharam-se com troca de murros e palavrões. Rolaram no chão do caramanchão e pelo espumar de suas bocas notava-se a intensidade do ódio que os possuía. Levantaram-se, agarraram-se à altura da nuca e tombaram no corredor que conduzia aos quartos.

Com a ferocidade dos felinos arrastaram-se até o interior da alcova. Lá, estirados sobre o leito, entregaram-se às volúpias do prazer com estridentes gargalhadas.

Após despertarem da porfia, ficaram por algum tempo mirando-se mutuamente na tentativa de descobrirem os motivos que os teriam levado ao estranho comportamento.

Na cabeceira do leito duas figuras sombrias emitiam risos de satisfação e zombaria. O casal, que partira da luta para os afagos, agora prostrado sobre a cama, demonstrava, na palidez acentuada, o sinal de que fora vítima de insaciáveis espectros.

No mercado livre, Mercedes expunha os artesanatos, quando alguém a tocou levemente nos ombros.

— Marcos! — exclamou com alegria.

— O que houve com Mariazinha? Esperava encontrá-la aqui — perguntou extremamente preocupado.

— Não te inquietes, pois Mariazinha passou por um período de deficiência orgânica e parece que se encontra totalmente recuperada, tanto é que ultimamente vem auxiliando Arsênio e Catarina na área da enfermagem.

— Oh! Desculpa-me, companheira, o fato de não ver Mariazinha neste logradouro chegou a me preocupar a ponto de fazer com que me esquecesse de cumprimentar-te.

— Ora! Não tem importância, eu compreendo a tua ansiedade em revê-la. Mas ainda é tempo, vem, dá lá um abraço!

— Continuas a criatura doce de sempre — disse Marcos, ao abraçar a jovem. Jeziel é um camarada de sorte!

Mercedes, ao ouvir Marcos mencionar o nome do prisioneiro, ficou lívida e mudou o rumo da conversa.

– O que achaste de Paris e quando esperas retornar à França?

– Paris é maravilhosa e preza a cultura quanto valoriza a vida! Mas a respeito de minha ida definitiva tudo dependerá da conversa que terei com Mariazinha.

– Desde que deixaste Portugal muitos fatos ocorreram, envolvendo a casa de socorro, e acredito que vocês terão muito que conversar.

Marcos, retomando a carruagem, seguiu em direção ao templo. Saudoso, ansiava abraçar os velhos companheiros. Sentia a feliz sensação do filho que retorna ao lar amigo.

Nesse momento, no sítio de Antônio Castro, Charlot, após tratar com esmero sua aparência, despedia-se do capitão.

– Voltarei em breve. Espero encontrar Catarina desimpedida dos fétidos afazeres.

– Diga a ela que o comandante Hermes já perdeu a paciência e não aceitará mais suas desculpas.

Enquanto isso, a célere carruagem transportava Marcos. Revia ele, emocionado, as praças que as graciosas palmeiras delineavam, emprestando o toque de ascendência Moura à antiga Olisipo; de Ulisses.

Ornadas por costumes multicores, moçoilas transportavam nos encovados vimes uvas róseas que eram oferecidas aos transeuntes.

Com o bafejo do fresco ar da manhã, Lisboa estava referta de música e encantamento. Rapazes postados nas esquinas diziam gracejos, trazendo sorrisos aos lábios femininos e casadoiros.

Em pouco tempo o coche estacionou defronte ao templo. Três meninas que brincavam com uma bola imunda, de pano, reconheceram o enfermeiro benfeitor.

– Dr. Marcos! – dizia um deles. Seja bem-vindo! Estávamos com saudades do senhor!

Com os olhos úmidos e o coração em descompasso, o jovem desceu a escadaria, alcançando o átrio do salão do templo. Batendo à porta, logo esta se abriu.

– Eu presumia que serias tu a primeira pessoa a me recepcionar. Deus jamais poderia negar-me tal dádiva, sabendo ele das agruras vividas nos momentos em que me encontrava distante de ti!

A jovem, tremendo de emoção, abriu os braços e entre lágrimas e sorrisos enlaçou Marcos. O rapaz apertou-a fortemente contra si, externando felicidade.

Mariazinha e Marcos entraram abraçados no salão do templo, onde os outros cooperadores receberam o companheiro com demonstrações de surpresa e

Juntos no Infinito

grande alegria.

Evaristo, Eleutéria, Catarina, Arsênio, Fabrícia e Priscila fizeram uma roda em torno do casal e puseram-se a cantar a canção das boas-vindas. Marcos, visivelmente emocionado com a manifestação de carinho, abraçou fortemente Mariazinha, olhou sobre seus ombros, vislumbrando a figura do Cristo suspensa na tribuna, e falou:

— Senhor, eu quero ser digno desta casa; doravante eu possa respeitá-la, devolvendo a todos esse amor que agora recebo!

Depois de desfiarem os acontecimentos passados, Evaristo, notando no semblante de Marcos a ansiedade de conversar particularmente com Mariazinha, chamou os demais, para que os dois ficassem a sós.

— Fui informado de que passaste por problemas de saúde!

— Nada de sério, vacilou Mariazinha, ocultando a verdadeira causa da súbita indisposição. Na verdade, se Evaristo e Mercedes não tivessem insistido tanto para que eu permanecesse em observação nas dependências da casa de socorro, por certo, já teria retornado aos afazeres do mercado livre. Contudo, enquanto isso não ocorre, estarei igualmente realizando-me na assistência aos enfermos.

— E quanto a Charlot — indagou Marcos — conseguiu firmar-se como enfermeira?

Notando que Mariazinha se recusava em responder-lhe, Marcos insistiu:

– Querida, fiz uma pergunta!

A jovem titubeou um tanto mais e finalmente ponderou:

– Creio que os afazeres da cantina a tenham absorvido, a ponto de impedi-la de realizar mais essa tarefa. Eu pensei – continuou a moça – que nas cartas enviadas a Paris ela o tivesse informado sobre o seu afastamento destas lides.

– Por incrível que pareça – acentuou Marcos – eu e Charlot não trocamos uma só carta durante esse período em que estive ausente.

– Não mesmo?!

– Sei que foi uma grande falha de minha parte, pois deveria, pelo menos, agradecê-la pela intervenção que fizera por mim junto aos seus familiares!

Mariazinha refletia no pedido de casamento, que, segundo Charlot, Marcos teria feito por carta, nomeando-a juntamente com Arsênio por padrinhos. A vivenda descrita com riqueza de detalhes, onde, após o casamento, passariam temporadas de férias, também não seria uma inverdade criada pela cantora?

– Estás pensativa – observou Marcos.

Quando a jovem ensaiava uma explicação, a porta do templo abriu-se, aparecendo Charlot.

Toda airosa a artista atirou-se nos braços de Marcos expansivamente. Charlot, lhe osculando a face

Juntos no Infinito

repetidas vezes, fazia questão de demonstrar que estava ignorando a presença de Mariazinha que os observava em sofrido silêncio.

— Qual o motivo de teu regresso justamente agora que as aulas se iniciarão em Paris?

— Não suportei a grande carga de saudade e resolvi retornar assim que me foi possível. Estou imensamente feliz por haver abreviado meu regresso; com esta resolução eu terei a oportunidade de passar o Natal com todos!

— Pretendes passar aqui os festejos natalinos?! — perguntou estarrecida, recordando que Marcos também passaria pelo perigo iminente a que estavam sujeitos todos daquela casa.

— Não somente as festividades natalinas, mas, dependendo da conversa que terei com Mariazinha, existe a possibilidade de que eu mude de ideia quanto aos meus estudos na França!

— O que é isso agora? — ruborizou-se a cantora. Então deixas na dependência de uma semianalfabeta o sucesso do teu futuro?

O azorrague atingiu sobremaneira Mariazinha. Seus lábios tremiam e o coração parecia querer saltar do peito. Marcos, consternado, colocou a destra entre os cabelos da humilhada e retrucou olhando firme para a ofensora.

— Charlot, eu rogo que não te refiras à Mariazinha com palavras desse teor. Esta mulher, que tens tratado com tanto desprezo, além de possuir invulgar sabedoria, é detentora de um sentimento que não se encontra na grande maioria das pessoas.

— Não me importa qual a tua opinião acerca da enjeitada; porém desejo saber qual o peso que ela exercerá sobre a tua decisão de ir ou não para Paris!

Marcos percebeu a gravidade do momento e diante da circunstância teria de se valer de toda a firmeza possível. Respirando profundamente como se buscasse energias, disse com sinceridade:

— A minha estada em Paris ensejou-me sérias reflexões quanto à vida e ao futuro. Acima de tudo, mostrou-me, com bastante clareza, as pretensões do meu coração que vivera até então no torvelinho das indecisões. Hoje sei mais do que nunca que minha felicidade será realizada quando Mariazinha me aceitar por seu esposo.

— Como assim?! — gritou Charlot, desesperada, enquanto a jovem eleita, com as duas mãos encobrindo o rosto, chorava convulsivamente.

— Isso mesmo! — tornou Marcos com firmeza. E se ela aceitar minha proposta de casamento eu providenciarei para que meus estudos se efetuem em Portugal, pois, conhecendo o amor que Mariazinha devota a esta casa, tentar afastá-la daqui seria o mesmo que subtrair-lhe a existência!

— Essa é a tua última palavra? — perguntou a cantora em tom de ameaça.

Juntos no Infinito

– Sim, Charlot! O meu casamento com Mariazinha somente não ocorrerá se ela assim o desejar.

– Então fiquem sabendo – disse a cantora com expressão de ódio – que muito em breve alguém estará lamentando o fato de vocês terem nascido!

– O que estás querendo dizer com isso? – indagou Marcos com serenidade.

– O tempo dirá por mim! – respondeu, engasgando com a saliva. Tenho certeza de que as luzes do fogo do inferno haverão de me iluminar nessa empreitada!

Após dirigir alguns palavrões altissonantes, a artista afastou-se, derrubando tudo o que se encontrava à sua frente.

O estardalhaço foi tanto que os demais cooperadores se aproximaram para verificar o que estava ocorrendo. O primeiro a chegar foi Evaristo que, olhando para o jovem casal, perguntou:

– Qual a razão desse barulho?

– Estou solicitando a mão de Mariazinha em casamento...

– Ah, já sei! – gracejou o tribuno. Com certeza os pais dela, que possuem um exército, resolveram responder com canhões!

Todos riram. Marcos, porém, retomando a seriedade acentuou:

– Evaristo, bom amigo! Finalmente sinto que devo muito respeito a esta casa, e, hoje, tenho plena consciência de que outrora não tive a grandeza suficiente para avaliar o meu próprio comportamento. Agora, porém, que acredito haver recebido as luzes da razão e do sentimento, vejo-me na obrigação de solicitar igualmente a tua aprovação para a minha proposta de casamento.

– Aprovação?! – surpreendeu-se o tribuno.

– Sim! – confirmou Marcos. Não obstante a tua jovialidade, sinto-me no dever de te reverenciar como um verdadeiro pai!

– Sendo assim – disse Evaristo emocionado, seja qual for a resposta de Mariazinha, saiba, querido amigo, que terás o meu total consentimento!

– Obrigado, Evaristo! Pode ter certeza de que nunca te decepcionarei!

Mariazinha, não se contendo diante de tudo o que estava ocorrendo, acariciou a face de Marcos com as mãos trêmulas e disse para surpresa quase geral:

– Nós aceitamos a honrosa proposta, e tanto eu quanto o nosso filho prometemos para ti um mundo de dedicação, amor e respeito.

– Nosso filho?! – surpreendendo-se Marcos, com olhar aparvalhado para Arsênio e Evaristo, que sorriam, pois, além de Mariazinha, eram os únicos que sabiam da gravidez desta.

– Sim, Marcos – confirmou a futura mamãe

sob os olhares estupefatos de Eleutéria e Catarina. Estou grávida, e tu és o papai!

Marcos, qual um menino, pulava no salão do templo, corava e dizia:

– Senhor Jesus, considere triplicadas todas as promessas que acabei de Te fazer!

Duas horas se passaram, e no sítio do capitão...

– O que pretendes fazer?

– Simplesmente matá-la; não vou permitir jamais que Marcos se case com a miserável!

– Cuidado, minha querida! Essa tua revolta pode atrapalhar nossos planos! Nenhum de nós deverá ser pilhado em flagrante delito, principalmente nestes dias que antecedem a invasão da casa de socorro.

– Não te preocupes Castro. Não sou tão ingênua assim, a ponto de permitir que isso ocorra. Solicitarei ao comandante Hermes providências quanto à contratação de um mercenário que faça o "serviço".

– Por que não esperas pelo dia 23, quando surgirá a grande oportunidade para que o fato se consuma?

– Esse é um caso de honra para mim! – exclamou Charlot. Não esperarei nenhum minuto a mais. Sairei à procura do comandante agora mesmo!

– Hermes estará na cantina ao anoitecer, portanto, poderás...

– Irei agora, e não tentes me impedir! – disse resoluta. O ódio que sinto daquela mulher não me permite delongas.

Olvidando os ensaios costumeiros de delicadeza feminina, Charlot subiu ao coche e açoitou os animais com tamanha fúria que o porejar das ancas se confundia com poeira e sangue.

Ao chegar a Alfama, ganhou as ruelas em desabalo, abalroando tudo o que se colocava à frente da carruagem. Sua intenção era encontrar o comandante o mais depressa possível, o que não tardou a ocorrer. Na roda de amigos, entre os eternos cultivadores do ócio, lá estava Hermes exteriorizando libertinagem com largos gestos braçais.

Parou à pequena distância, atrelou o carro ao botaréu e acenou solicitando a aproximação do policial.

– O que te traz aqui a estas horas, em que a plebe vagueia? – gracejou Hermes para a mulher transtornada.

Com breves palavras Charlot colocou Hermes a par de sua intenção. Em seguida, os dois tomaram a carruagem e saíram em busca do mercenário.

Juntos no Infinito

Na casa de socorro, enquanto providenciava um par de ataduras, Catarina falava com Marcos e Mariazinha acerca dos projetos de seu consórcio com Eustáquio. O jovem casal ouvia a enfermeira com visível interesse. Nesse momento, entrou Mercedes que retornava do mercado livre.

Catarina, ao ver a nova cooperadora, colocou a mão na cabeça como se estivesse recordando algo.

– Meu Deus! Acho que devo estar enlouquecendo. Não é que deixei de pagar a toga que compramos para Guaraci!

– Isso é obra do acúmulo de afazeres – opinou Mariazinha. As atribuições da casa, os preparativos do casamento e os cuidados com Fabrícia e Priscila são fatores que tornam compreensível qualquer tipo de esquecimento.

– É verdade, mas terei de efetuar esse pagamento ainda hoje, seja qual for o horário – afirmou Catarina.

– Se me permites desviar o assunto – atalhou Marcos, dirigindo-se à enfermeira – tu e Eustáquio já confirmaram a data do casamento?

– Sim! Conviemos que dia 24 de dezembro será um belo dia para a nossa união.

– E que tal – sugeriu Marcos, voltando-se para a sua amada, se a realização do nosso casamento fosse igualmente nessa data?

– Está muito próximo!

— Bem, por isso, minha querida! Estou ansioso para desposar-te. Por favor, dize que concordas e me farás feliz.

— Concordo!

— Obrigado!

—... Mas com uma condição!

— Qual, meu amor?

— Que o nosso filho receba o nome de Evaristo, se vier a ser um menino.

— Aceito! Mas e se porventura nascer uma menina? – perguntou Marcos.

— Se me permites, tomei a liberdade de adiantar-me na escolha, no caso de pertencer ao sexo feminino.

— Então dize. Qual foi o nome que escolheste?

Mariazinha olhou com ternura para a enfermeira que estava à sua frente e disse:

— Seria maravilhoso se nossa filha se chamasse Catarina.

— Não mereço tanto – retrucou a enfermeira. Tua filha tem o direito de ostentar o nome de alguma celebridade, condição que estou longe de alcançar.

— Tu és nossa amiga! – observou Marcos. E esse tesouro do coração é joia de grande valia, principalmente nestes dias, em que as pessoas se digladiam.

— Pela tua observação, Marcos – falou

Mariazinha docemente – devo concluir que aceitaste minha sugestão; com isto me proporcionaste novas alegrias, pois sempre nutri por Catarina grande afeição.

Ladeado por alguns ex-cativos, Ernesto entrava no templo e, assim que viu Catarina dialogando com o casal parou subitamente, permitindo que seus acompanhantes lhe tomassem a dianteira.

Catarina, percebendo a intenção do ex-escravo, afastou-se de Marcos e Mariazinha, indo ao encontro de Ernesto.

Impostando a voz para dar maior importância ao comunicado, Ernesto falou sem rodeios:

– Recebi do capitão orientações no sentido de me assenhorear do local em que as drogas foram colocadas.

– Por que isso agora? – estranhou Catarina.

– Segundo Castro, determinadas facetas do plano não devem ficar a mercê de uma só pessoa, para que possíveis falhas sejam evitadas.

– As drogas estão no meu quarto.

– Poderei vê-las?

– Pois não! Acompanha-me.

Depois de se certificarem de que ninguém os observava, ganharam o corredor e entraram nos aposentos de Catarina.

– Aqui estão – disse a enfermeira, ao exibir

dois frascos. Este maior é o curare, que provocará a paralisia nos cooperadores, e este outro, que possui propriedades letais, deverá ser oferecido às meninas e aos enfermos.

– Catarina, por acaso... Abriu a porta Eleutéria, surpreendendo os dois que se voltaram assustados.

– O que desejas? – perguntou a enfermeira, após recobrar-se do imprevisto.

– Procuro por Fabrícia e Priscila, para que experimentem os novos costumes que estamos confeccionando, caso contrário, é possível que Eustáquio seja obrigado a apresentá-las ao governador, usando os fatos rotos.

Assim que a enfermeira alegou desconhecer o paradeiro das meninas, Eleutéria retornou ao corredor, estugando os passos. Ernesto, satisfeito com as informações recebidas, despediu-se, rumando para a ala de destino.

Catarina trabalhou com afinco, durante a tarde toda, na assistência aos albergados, cumprindo o que havia prometido. Assim que a noite chegou, tomou a carruagem e saiu com o objetivo de efetuar o pagamento referente à compra da toga.

Na Praça do Rocio estacionava o coche de Charlot para deixar Hermes.

– Obrigada, comandante! Acabas de me conceder um grande favor, e, se tudo correr como eu espero, ainda esta noite, nós vamos comemorar, na Cantina dos Navegantes, os funerais da moçoila.

– Fique tranquila. Aquele jagunço não costuma falhar e se depender dele o Marcos será teu novamente!

– Nós nos veremos na cantina.

– Estarei lá, Charlot!

Catarina chegou à casa da mulher que vendera a toga e, quando retornou à rua para subir para sua carruagem foi abordada por alguém.

– Aonde vai a airosa madame?

– Hermes?!

– Sim, eu mesmo! E pelo que vejo a sorte decidiu me sorrir nesta noite!

– Por quê?

– Ainda perguntas se eu venho esperando por esta oportunidade há quase um século, a julgar pela ansiedade que me toma!

– Necessito voltar ao templo com a máxima urgência – dizia a mulher, enquanto subia para a carruagem.

O policial mordeu os lábios e refreando a contrariedade objetou:

– Meu conselho é que não retornes agora à casa de socorro, se quiseres evitar maiores transtornos!

– Por qual motivo?

– Charlot contratou alguém para dar cabo de Mariazinha e neste momento o mercenário deve estar agindo.

Enquanto falava, Hermes estribava-se na lateral do carro. Catarina ergueu o chicote e aplicou nos animais que saíram em desabalada carreira. O comandante foi lançado ao chão.

Defronte ao templo uma figura sombria ocultava-se no negrume da noite. Recostado ao botaréu que sustentava o portão, o encapuzado olhava com insistência para o interior da casa, tentando divisar a moça que Charlot descrevera.

Irritado com a impossibilidade de identificar sua vítima em meio a tantas outras pessoas que se acotovelavam no salão, o homem pôs-se a caminhar num vai e vem impaciente. À medida que o tempo passava, a respiração do mercenário se tornava mais ofegante. Já havia decidido entrar na casa de socorro, quando avistou dois meninos que brincavam; chamou um deles e disse:

– Necessito de um favor seu! E tem de ser urgente. Dentro daquela casa, apontou com o indicador, há uma jovem que tem o nome de Mariazinha.

– Eu a conheço! – exclamou o menino.

– Pois bem! Vá até ela e diga-lhe que uma pessoa necessitada de auxílio a espera no portão.

Juntos no Infinito

Atendendo prontamente, o menino entrou à casa de socorro e voltou acompanhado pela jovem. Sorrindo como sempre, a cooperadora prontificou-se:

– O que desejas meu senhor?

– Como te chamas?

– Maria! Em que posso servi-lo?

Nesse momento, Catarina saltou da carruagem que mal havia parado e gritou:

– Cuidado, Mariazinha! Esse homem deseja matar-te!

A jovem recuou um passo, e o homem adiantou-se, erguendo a lâmina. Acuada na muralha encontrava-se a dois passos do assassino, quando Catarina se colocou à frente, implorando:

– Não lhe faça mal, pelo amor de Deus!!!

O facínora tentou afastar a noiva de Eustáquio, para golpear Mariazinha, mas a intercessora resistiu e acabou por receber um pontaço no peito.

Aterrada, Mariazinha abraçou a enfermeira que tombava sem forças, enquanto o algoz fugia espavorido.

A oração ainda não havia iniciado, quando Mariazinha, utilizando toda a energia que encontrara dentro de si, entrou no templo carregando Catarina, que agonizava. Lágrimas de dor da futura mamãe derramavam-se sobre o peito transpassado da mulher que desafiara a morte para salvar-lhe a vida.

Atônita, a plateia observava a jovem cambaleante, sustentando em seus braços a enfermeira lívida. Evaristo e Arsênio deixaram às pressas a tribuna e, quando se aproximaram, o tribuno tomou o pulso da imolada, constatando que o seu coração aquietara-se. Catarina estava morta.

Sepulcral silêncio tomou as dependências do templo. Enfermos estirados nos leitos carpiam o doloroso momento em que se despediam da VENERÁVEL BENFEITORA.

O ataque

O arrebol cingia o horizonte qual imenso leque diáfano a reverberar os prados verdejantes. Lindas grevíleas preparavam-se para receber a volúpia dos colibris, insaciáveis amantes de seu néctar.

Enfileirados, os arcos do Mosteiro dos Jerônimos deixavam escapar o anúncio de um novo dia, no tilintar rítmico dos sinos, movidos pelas mãos sacerdotais.

Papéis dispersos pelo chão da Cantina dos Navegantes denunciavam a passagem de notívagos e libertinos naquela sala de prazeres mundanos.

No canto da casa, sob o reflexo bruxuleante da lamparina, três criaturas, visivelmente embriagadas, lamentavam.

– Jagunço maricas e incompetente! Como foste falhar dessa maneira? – disse Charlot – eliminando exatamente a nossa parceira?

– Não fui culpado, minha senhora – justificava-se o mercenário. A mulher colocou-se à minha frente, qual uma leoa a proteger a cria!

– Calem a boca – resmungou Castro. Esse idiota talvez nem saiba exatamente quem recebeu o golpe.

– Quanto a isso tenho plena certeza – objetou. Já os informei de que ouvi Mariazinha declinar o nome da outra.

– Castro, temos de alterar o plano – arriscou Charlot, demonstrando que a bebida não lhe tirara de todo a lucidez. Se for mesmo verdade que Catarina morreu, indo fazer companhia ao escravo Leocádio, quem se encarregará de eliminar as meninas e os albergados?

– Talvez tenhamos de dar fim aos moribundos, assim como faremos em relação aos visitantes.

– E quanto às meninas e aos cooperadores? – insistiu a cantora.

– Espero que Ernesto tenha seguido minhas ordens, inteirando-se do local em que se encontram as drogas.

– Ele faria o serviço?

– Com certeza! – exclamou o capitão, mal sustentando a cabeça. O negro está sedento de ação e não vai perder essa oportunidade por nada deste mundo!

Castro e Charlot, ao se afastarem da mesa em

Juntos no Infinito

que o jagunço adormecera, olharam-no com desprezo e saíram trôpegos pelas ruas de Alfama.

Mercedes e seus pais acorreram ao templo, assim que receberam a triste notícia do ocorrido na noite anterior. Quando lá chegaram, pequena roda de cooperadores circundava o leito da falecida. Eustáquio, bem próximo da mulher amada, lhe acariciava os cabelos.

Fabrícia e Priscila, aconchegadas ao pai, sentiam o tremor de suas pernas. Ruíra seu castelo de sonhos – pensava o assessor. Como explicar às meninas que o principal elo que os mantinha felizes se havia rompido nas mãos daquele algoz.

Tudo era silêncio no imenso salão. Suas paredes alvas pareciam bem mais frias naquela manhã. Mariazinha e Marcos, um pouco mais distantes, oravam em favor da alma da enfermeira, enquanto miravam a figura do Cristo suspensa na tribuna. O olhar meigo do Nazareno dava a impressão de querer consolá-los.

Em dado momento, Fabrícia olhou para Eustáquio, que permanecia sentado à borda do leito mortuário, cravou as unhas em seu pescoço e soltou estridente gargalhada.

Evaristo, em grande esforço, conseguiu libertar o genitor das garras da filha, que gritava:

– Eu os avisei, seus imbecis, de que ninguém

conseguiria molestar minhas filhas!

A menina contorcia-se e dizia impropérios. Priscila, ao ver a irmã naquela demonstração de loucura, pôs-se a chorar.

O tribuno, que sustentava nos braços a pequena enraivecida, olhou para os preocupados cooperadores e disse:

— Fiquem tranquilos e se limitem a orar, a crise passará.

De fato, após breve instante, as contorções foram perdendo a intensidade e Fabrícia se aquietou.

À tarde, o corpo de Catarina desceu à sepultura sob os olhares entristecidos de todos os que acompanhavam a cerimônia fúnebre.

Encerradas as exéquias, Eustáquio, já sem lágrimas, retornava ao templo, quando Evaristo lhe falou:

— Querido amigo, somos testemunhas da dor que te magoa, pois dela compartilhamos, contudo, não permitas que o sofrimento seja motivo para qualquer derrocada. É chegado o instante de uma análise profunda no que diz respeito ao futuro que te aguarda, juntamente com as meninas e Eleutéria.

— O que farei da vida sem Catarina, se ela representava a estrela da minha esperança?

— Fica atento no que vou te dizer bom amigo.

Juntos no Infinito

Nenhum sofrimento se mantém em caráter definitivo. A estrela a que te reportas desaparece hoje por obra da tempestade, que de quando em vez escurece o céu de nossas vidas. Entretanto, as claridades também se repetem premiando-nos, e quando as intempéries se afastarem, por certo, a estrela retornará.

– Embora reconheça a própria fragilidade, sinto haver adquirido maior compreensão quanto aos fatores de ordem espiritual – o que devo aos ensinamentos do templo e ao convívio com Catarina.

Eustáquio permaneceu por longas horas em companhia dos amigos, que se desdobravam para tornar menos doloroso aquele dia tão triste. Quando anoiteceu, despediu-se, retornando a Sezimbra.

Findava a semana, e o dia 23 de dezembro amanhecia. Nuvens cinzentas acoplavam-se sobre Olisipo. O cume da torre de Belém ficara nublado prenunciando forte temporal para mais tarde.

Mercedes preparava-se para sair do templo. O mercado livre a esperava para mais um dia de trabalho. Costumeiramente, Mariazinha a acompanhava até a porta de saída. Todavia, naquela manhã, fora chamada às pressas para atender a um menino enfermo, que chorava.

A vendedora acenou aos companheiros que se encontravam ao lado oposto do salão e, quando estendeu a destra para movimentar a porta, esta se abriu, surpreendendo-a. A visita, que acabara de chegar, tocou-lhe as fibras da alma.

Era Jeziel que recebera a liberdade condicional. Como prêmio pelo bom comportamento ganhara o direito de passar os festejos natalinos onde lhe aprouvesse, desde que informasse a direção do presídio acerca do local escolhido.

Magro e lívido demonstrava, através do olhar triste, as marcas da reclusão. Cabelos descuidados misturavam-se à longa barba que lhe ocultava o côncavo facial. Mercedes, ao vê-lo, permaneceu estática, sem dizer uma única palavra.

Jeziel limitou-se a observá-la com ternura, pois Mercedes, guardando certa distância, não lhe permitiu o reencontro desejado, com maiores manifestações de carinho. Na verdade, sua grande vontade seria abraçá-la, e externar o amor que sentia. Entretanto, o simples fato de se encontrar frente a frente com ela, novamente, representava para ele a paga por todo o tempo em que estivera na prisão.

Embora dotada de um comportamento dócil, em que a espontaneidade se fazia marcante, Mercedes, naquele momento, ao invés de sorrir amistosamente, estendeu-lhe a mão cerimoniosamente.

— Como estás? É um prazer ter-te conosco novamente!

— Estou ferido pela saudade, mas esperançoso por melhores dias.

Juntos no Infinito

Mercedes alcançou o sentido daquelas palavras melancólicas, entendendo, perfeitamente, sua alusão a respeito de melhores dias. Todavia, sem se alongar, despediu-se.

– Tenho de seguir para o mercado livre. Entra, por favor, o pessoal ficará feliz em te receber.

Mercedes se foi, deixando Jeziel no átrio do templo.

Ainda refletia acerca do comportamento arredio de sua amada, quando Marcos apareceu, abraçando-o efusivamente.

Recebido como um filho da casa, o reencontro propiciou-lhe grandes alegrias, contudo, a notícia do desaparecimento, misterioso, de Leocádio e de Anacleto deixaram-no bastante apreensivo. – O que teria ocorrido com o fiel escravo de seu pai? Antônio Castro o eliminara como fizera com tantos outros serviçais? Um dos enfermos dissera ter presenciado Catarina e Leocádio saindo juntos exatamente na noite em que o negro desaparecera. No presídio tivera a oportunidade de ouvir referências em relação à falecida enfermeira e seu pai. E o pobre Eustáquio, que triste papel estaria fazendo, sendo um homem bom e justo tão enganado pela pérfida mulher. Ele, que se dizia profundo conhecedor das artimanhas alheias, como se deixara ludibriar?

Quando o assessor do governador o visitava, quantas vezes desejou alertá-lo a respeito da possível infidelidade de Catarina, mas, como as informações que obtivera se baseavam em comentários do detento, achara por bem permanecer calado, pois receava cometer um equívoco imperdoável.

Por outro lado, conhecendo o mau caráter do capitão e o ódio que ele alimentava pela casa de socorro, analisava até que ponto essa ligação com a enfermeira tinha a ver com os seus propósitos de prejudicar a instituição!

Sua vontade era a de informar aos cooperadores acerca do possível conchavo entre Catarina e o capitão, alertando-os dos eventuais perigos a que estariam expostos, mas, como fazê-lo, se todos os que ali trabalhavam ainda choravam a ausência da exemplar companheira!

Evaristo fazia a arrumação da sala de estudos, quando Ernesto se aproximou, prontificando-se a auxiliá-lo. Em meio à tarefa, o ex-escravo quebrou o silêncio dizendo:

— Estou pensando seriamente em ser uma pessoa bastante útil dentro desta casa! Eu, que, até agora, venho recebendo inúmeros favores, resolvi dar algo em troca.

— De que forma? — indagou Evaristo, surpreso.

— Catarina acaba de deixar uma lacuna enorme, fato que causou o acúmulo de serviço para os que ficaram. Longe de mim a pretensão de substituí-la, entretanto, coloco-me à disposição para amenizar a situação...

– Bravo! – atalhou o tribuno. E quando pretendes iniciar?

– Hoje mesmo – disse eufórico – pois notei que ultimamente era Catarina quem servia o chá para os cooperadores e albergados nos momentos que antecediam a oração noturna. Como esse tipo de trabalho não requer maiores conhecimentos, eu poderei executá-lo sem receio.

– Muito bem, Ernesto! Entre em contato com Eleutéria, para que te forneça o material indispensável.

– O bruxo caiu direitinho – pensou Ernesto. Não é sem motivo que Catarina conseguiu enganá-lo o tempo todo. O capitão, por certo, ficará orgulhoso e me recompensará regiamente!

Assim, Ernesto, tomando do forcado despediu-se, rumando para a cozinha à procura de Eleutéria.

No sítio de Antônio Castro...

– Recuso-me a aguardar lá fora! Já te disse que ficarei entre os jagunços e juro que darei um fim na rapariga!

– Não há motivo para que te exponhas – replicou o capitão, enquanto Charlot permanecia irredutível.

– Para mim há! Não descansarei enquanto não a vir destruída!

— Estás me obrigando a entrar também no templo.

— Poderás aguardar na carruagem, conforme foi combinado anteriormente.

— O que os homens irão pensar de mim? – observou Castro. Enquanto uma mulher se atira à linha de frente, o grande capitão se acovarda? Não tenho alternativa, serei obrigado a acompanhá-la.

— Assim é que se fala querido; promoveremos um escândalo tal que os bruxos nunca mais se atreverão a tentar consertar o mundo! Isto porque, no momento em que os soldados enviados por Hermes avistarem os corpos inanimados no salão do templo, será o fim da casa de socorro!

— E o canalha do Eustáquio que um dia se atreveu a nos atrapalhar, impedindo que os bruxos fossem presos, além de perder Catarina haverá de chorar, amargamente, a perda de suas filhas!

— E quanto aos enfermos? Já decidiste quem se encarregará...

— Quanto a eles podes ficar despreocupada. Ernesto, neste momento, já deve estar providenciando a cicuta!

Em meio a relâmpagos e trovoadas a noite desceu sobre o templo. Embora o frio da nevasca castigasse quem se dignasse a enfrentá-lo, grande número de visitantes entrou no santuário.

Juntos no Infinito

Na cozinha, Eleutéria, atendendo ao pedido de Ernesto, passava-lhe a vasilha cheia de chá.

— Não te esqueças das meninas – disse inocentemente a cozinheira, pois acabam de sair do banho, e uma chávena lhes fará bem!

— Onde elas se encontram? – inquiriu o ex--escravo.

— Presumo que se devam estar aquecendo no quarto.

Fabrícia e Priscila, aconchegadas ao leito, sorriram ao ver Ernesto que entrava para servi-las.

Dando as costas para as meninas que o observavam, pôs a vasilha sobre a velha cômoda, colocou o pó indicado por Catarina em duas chávenas, e, enchendo-as com o chá, ofereceu a elas.

— Tomem tudo, queridas! Esta bebida é reconfortante e segundo a vovó lhes fará muito bem!

Em poucos goles, Fabrícia e Priscila ingeriram toda a bebida oferecida pelo ex-escravo, que, sem perder tempo, misturou o restante do pó na vasilha e, saindo, trancou a porta.

De leito em leito fez com que os enfermos, agradecidos, bebessem a poção que lhes era oferecida.

Como o número de albergados era muito grande, Eleutéria, condoendo-se de Ernesto, que se locomovia com dificuldades, resolveu auxiliá-lo, levando o chá que preparara até os cooperadores.

313

O capitão não vai perdoar-me por esta falha, pensou o ex-cativo ao ver a cozinheira servindo o chá para os companheiros.

Mais irritado ficou quando se deparou com Jeziel, que caminhava pelas dependências do templo, acompanhado por Arsênio.

Nesse momento, três dezenas de homens encobertos por capuzes e togas entraram no salão e se colocaram entre os visitantes. Ernesto, percebendo que finalmente havia chegado a hora, aproximou-se de um encapuzado e sussurrou:

– Capitão, não me foi possível servir o curare para os bruxos, portanto, eles se encontram bem despertos.

– Negro maldito, sai da minha frente, caso contrário, tu serás o primeiro a tombar sem vida!

– Onde se encontra Mariazinha? – perguntou Charlot, travestida de homem.

– Nas imediações da tribuna – respondeu o ex-escravo.

– Procura atraí-la até aqui, seu negro imbecil – ordenou a cantora.

– E as filhas de Eustáquio? – indagou Castro.

– No sono eterno! – segregou.

– Pelo menos isso, seu idiota! Agora se apresse em atender ao pedido de Charlot.

Juntos no Infinito

Mariazinha encontrava-se junto à tribuna, conversando com um albergado que convalescia, quando se voltou para dar atenção a Ernesto.

— Há um visitante que não está passando bem, poderia atendê-lo?

— Sim – prontificou-se Mariazinha.

Quando Mariazinha se encontrava bem próxima à plateia, Castro fez um sinal frontal para seu capataz, Fernando, que ordenou:

— Atenção, voltem-se todos para a parede!!! E quem desobedecer morrerá primeiro!

Fernando estranhou, pois os visitantes obedeceram prontamente, sem nenhuma reação, formando imensa fileira que tomava as laterais do salão. Os cooperadores observavam estarrecidos os pobres visitantes que permaneciam com as faces coladas à parede.

Quando os encapuzados, erguendo as lâminas, deram os primeiros passos em direção aos subjugados, estes, voltando-se para os algozes, de armas em punho, ordenaram:

— Alto lá, estão todos presos!!!

— O que é isso?! – espantou-se Castro.

— É o teu fim capitão – respondeu Renato, o comandante do esquadrão noturno, ao retirar o capuz. E de todos esses monstros que te acompanham!

Ao ver aquela meia centena de homens empunhando armas, Castro não se conteve:

– O que foi feito do pessoal que aqui vem com o propósito de orar?

Eustáquio, ladeando o comandante, retirou igualmente seu capuz e informou:

– Nós os impedimos de entrar na casa, pois sabíamos de antemão todos os detalhes desse plano macabro!

– Todos os detalhes? Não é possível! – retrucou nervosamente Castro.

– Sim! – confirmou Eustáquio – e também acerca do envenenamento a que estariam sujeitos os enfermos e minhas filhas.

– Então és louco e conivente, pois mesmo sabedor do que estava para acontecer permitiste que eles fossem envenenados!

Nesse instante um silêncio tumular tomou conta do salão. Cooperadores entreolharam-se absortos. Foi quando Eleutéria apareceu segurando, pelas mãos, Fabrícia e Priscila.

– Não as envenenaste? – perguntou Castro dirigindo-se a Ernesto.

– Sim capitão. Dei para que bebessem a droga indicada por Catarina!

– Maldita, nos traiu!

– Então achas, capitão, que uma mulher de bons princípios como foi Catarina pudesse atentar contra a vida de alguém? – protestou Eustáquio, quase chorando, ao mencionar o nome da mulher amada.

– Sim, acho! E sou testemunha de que Catarina foi uma grande criminosa, pois assassinou o escravo Leocádio diante de minhas vistas. Lembro-me, como se fosse hoje, do seu ato nefando, naquela noite, às margens do Tejo.

Os cooperadores estavam cada vez mais atônitos diante das revelações feitas pelo pai de Jeziel.

– Tens certeza do que acabas de dizer, capitão? – desafiou Eustáquio.

– Certeza plena! – Castro confirmou com ódio.

– Mais uma vez tu te enganaste capitão – disse um negro ao se descobrir.

– Leocádio!!! – exclamou Castro, recuando um passo. Não é possível, testemunhei tua morte!

– O que presenciaste foi puramente uma encenação proposta por Catarina, com o intuito de salvar a vida de um escravo amigo. A neblina noturna fez crer em algo que realmente não ocorreu – falou o assessor.

Charlot tremia raivosa, e, não admitindo a derrota, acusou Catarina com o intuito de ferir Eustáquio.

– Temos o caso de uma enferma que foi envenenada pela mulher que tanto defendes!

– Ocorre – disse Eustáquio – que o ex-comandante Hermes revelou a Catarina o verdadeiro culpado do crime, este, após ser devidamente interrogado, acabou por confessá-lo, alegando que cometera o ato delituoso a mando de Antônio Castro, que, por sua vez, pretendia comprovar a eficiência da droga.

– Por que não dizes o nome do assassino? – disse Castro.

– Anacleto, esse é o homem, que não só confessou o ocorrido com a enferma, mas também nos colocou a par de outras duas mortes que se desencadearam no teu sítio, cuja culpa caiu sobre Jeziel, as quais tiveram no capataz Fernando o verdadeiro culpado.

O moço, que ficara encarcerado por longo tempo, agora chorava ao ouvir a declaração de Eustáquio.

– Procuramos por Anacleto em todos os registros carcerários e não o encontramos! – contestou Castro.

– Isto porque – explicou Eustáquio – nós o mantivemos recluso, com o nome trocado, evitando, assim, prejuízos para as investigações, pois sabíamos que Hermes iria procurá-lo.

– E quanto ao comandante Hermes, o que será feito dele? – perguntou Charlot.

– A pedido do senhor governador, terá a mesma pena que todos vocês, pelo fato de haver facilitado a fuga de muitos meliantes que se encontravam no presídio de Sezimbra, episódio esse que contou com o concurso de Ernesto que, fingindo prestar serviços nas

Juntos no Infinito

dependências do presídio, entregou a chave das celas aos detentos.

— Intercede por mim, Eustáquio! — implorou Charlot. Sou a única que não possui antecedentes criminais!

— Gostaria que assim fosse, pois não teria perdido Catarina!

— Como assim?

— Após a morte de minha noiva, fizemos muitos interrogatórios nas cercanias do templo e acabamos localizando um menino que acabou nos descrevendo o assassino. Assim que conseguimos aprisioná-lo, fomos por ele informados de que a contratante se chamava Charlot, e o alvo seria a nossa Mariazinha, o que deixou de se consumar pela interferência corajosa de Catarina.

— Sim! — prosseguiu Eustáquio — mesmo à revelia de minha vontade, Catarina se dispôs a auxiliar-me no aprisionamento dessa quadrilha de Antônio Castro, que, de longa data, vem causando mortes e confiscos nas respeitáveis casas de Lisboa. Asseguro, porém, que suas lides criminosas aqui se encerram, pois, é da vontade do senhor governador que todos vocês apodreçam no cárcere!

— Papai! — adiantou-se Priscila. O senhor vai dormir conosco essa noite?

— Por que perguntas minha filha?

— Queremos que o senhor fique para orar conosco, pedindo para que Jesus permita a volta de mamãe Catarina!

Diante do desejo inocente da menina, Eustáquio e os demais componentes da casa de socorro puseram-se a chorar.

– Sim, minha filha! Ficarei, não para solicitar a Jesus que mamãe Catarina volte, mas para que nunca vá embora de nossos corações!

Juntos no infinito

Ainda na noite de 23 de dezembro, Antônio Castro e seus sequazes foram levados para o presídio. Amantes da madrugada usavam-na à guisa de camuflagem para seus atos inconfessáveis.

O galo cantava anunciando o raiar de um novo dia, quando um séquito de criaturas perversas, maldizendo a própria sorte, foi colocada atrás das grades.

Lisboa amanheceu límpida, pardais em revoada festejavam o advento do dia 24 de dezembro. Nas ruas ataviadas viam-se altaneiras residências a exibirem em seus parapeitos riquíssimos tapetes persas.

Em meio à euforia estava Mercedes cumprindo suas obrigações no mercado livre. Tomada pela melancolia não se apercebia da animação geral. Ao entrar no templo, naquela manhã, Mariazinha apressou-se a informá-la acerca da nova situação de Jeziel. Ao se certificar de sua liberdade em caráter definitivo, sentiu grande alívio; não lhe restavam mais dúvidas, o rapaz era inocente.

Contudo, sentia-se envergonhada por haver ignorado seus protestos de inocência. Relegara-o ao abandono na fase crucial, quando ele mais necessitava do arrimo de um ombro amigo.

Com esse pensamento Mercedes se entregara a lastimável depressão. Como se lhe não restasse nenhuma esperança, aceitou tristonha o que lhe parecia inevitável: perder o amor de Jeziel.

Na casa de socorro, o escravo que Antônio Castro dera por morto conversava com Jeziel no átrio da escola.

— Retornarei ao sítio para reassumir meus afazeres. Até agora aqui permaneci a mando do capitão com o objetivo de espionar e dar-lhe a garantia para que seu plano lograsse sucesso.

— Não lamentas deixar esta casa?

— E como lamento sinhozinho! Já nos primeiros dias de aprendizado, o mestre Evaristo fez-me ver o mundo de uma forma muito diferente daquela que conhecia até então.

— Conta para mim; desejo saber acerca dessas maravilhas que alteraram o teu semblante e principalmente o teu coração — solicitou o jovem em emocionada expectativa.

Juntos no Infinito

– Explicou-me o tribuno que todas as criaturas, sem exceção, não são inteiramente dotadas de maldade. Cada qual guarda dentro de si uma centelha divina, qual semente à espera da condição apropriada para se desenvolver. Algumas se desenvolvem ao toque da brisa e da chuva fina, enquanto outras, que se impermeabilizaram, necessitam passar por violentas intempéries, que cedo ou tarde ocasionarão seu desabrochar.

– O que isso te ensinou no plano prático da vida? – tornou Jeziel.

– Ensejou-me a compreender as deficiências que possui o meu semelhante. Com isso, caíram por terra meus repentes de revide, como também se diluiu minha insana pretensão de promover a transformação imediata na maneira de ser e de pensar das criaturas.

– Então?...

Leocádio, notando na indagação reticenciosa do jovem algo que se ligava à Mercedes, atalhou:

– Sinhozinho, observaste há pouco que o contato com as maravilhas preceituadas por Evaristo acabou por alterar o meu semblante, o que realmente deve ser verdade, pois, quando retiramos do coração o sentimento malsão, automaticamente, a nossa face se descontrai, passando a acusar o retorno da alegria.

– Parabéns, Leocádio, nesta casa, além de alfabetizar-te, tu ganhaste uma nova visão da vida!

– Evaristo me ensinou que o indivíduo perdoado adquire um delicioso fruto, enquanto aquele que teve a grandeza necessária para perdoar recebe a árvore inteira!

Jeziel fitou os olhos do escravo que brilhavam de bondade e disse:

— Se pretendes ir para o sítio ainda hoje, perderás a oportunidade de assistir ao casamento de Marcos e Mariazinha, assim também os festejos atinentes ao nascimento de Jesus.

— Reunirei meus irmãos de cativeiro, e oraremos pela felicidade do jovem casal!

— Tu mereces um presente de Natal, Leocádio.

— Não te preocupe com isso sinhozinho.

— Dar-te-ei um presente! — insistiu Jeziel.

— Qual?

— Tua liberdade! A partir de hoje não serás mais escravo de ninguém!

Ao invés de Leocádio demonstrar grande alegria, limitou-se a olhar para o chão com tristeza.

— Não estás feliz?

— Sinhozinho, eu agradeço o favor amigo; essa dádiva muito me sensibiliza. Entretanto, como poderei festejá-la se tantos outros permanecerão no sítio, acorrentados?

— Vai, Leocádio, e anuncia a todos que lá se encontram que, neste dia, Jesus me inspirou a conceder-lhes a liberdade.

O negro atirou-se aos pés do jovem e se pôs a chorar. Soluçante, desejou-lhe toda a felicidade que fosse possível a um ser humano conquistar. Jeziel agradeceu os votos e propôs ao negro a direção do sítio, se caso lhe aprouvesse lá permanecer.

– Aceito, sinhozinho, e creio que bem poucos homens irão embora, assim que tomarem conhecimento do teu retorno.

Em sua nova residência, Guaraci dialogava com a esposa:

– Irei até o sítio, para convidar Bento e Gerenciana – disse o patriarca.

– Querido – opinou Jaci, não creio que eles aceitem o convite, em razão de se encontrarem amargando a prisão de Ernesto.

– Explicarei que não se trata de uma festa comum, mas um importante momento de oração nas dependências do templo.

– Como vês, estamos diante de dois problemas, pois Mercedes, igualmente, tem se recusado a acompanhar-nos, isto desde o instante em que tomou conhecimento que Jeziel lá estaria.

– Não me custa tentar! Começarei por Bento e Gerenciana. Quanto à nossa filha, depois faremos o possível para convencê-la.

Alfama regozijava-se à luz de diamantinas estrelas. A festa nos corações tornara-se mais intensa; aproximava-se o momento sublime em que nobres e plebeus sentiriam agigantar-se dentro do peito os ideais de fraternidade.

No templo, Bento, Gerenciana, Mercedes e seus pais se juntaram aos demais em torno da árvore de Natal, montado ao lado da tribuna.

Sob o verde pinheiro, pequenos pacotes espalhados continham os nomes dos amigos que lá estavam exceto o de Jeziel.

Abriram-se as caixas e, em seguida, todos os presentes trocavam agradecimentos pelas singelas lembranças. Felizes, exibiam as prendas recebidas até que se deram conta de que Jeziel fora esquecido.

Acabrunhados, observaram o moço, que se limitou a permanecer em silêncio ao lado de Arsênio.

Fabrícia e Priscila correram em direção ao quarto e quando retornaram sustentavam um grande pacote.

— Uma lembrança para o tio Jeziel — disse Fabrícia.

Recebendo o embrulho, o moço abriu-o com as mãos trêmulas.

— Uma cítara! — emocionou-se.

— Sim, titio. Leia a dedicatória.

Jeziel pôs-se a ler de maneira que todos conhecessem o seu conteúdo:

Amigo e irmão Jeziel. Assim que soubemos que estarias conosco, reverenciando o nascimento de Jesus, saímos à procura de uma lembrança que preenchesse o teu coração sensível.

Não foi difícil encontrá-la, e aqui está. Esperamos que a cítara, em suas notas eloquentes, possa unir tuas emoções às de Mer...cedes, e o Mestre de nossas vidas os abençoe para sempre!

Com muito carinho,

Catarina

Enquanto Jeziel iniciava a leitura, Eustáquio entrou no salão do templo, acompanhando o seu desenrolar.

— Gostou da lembrança? — indagou o assessor. Ajudei a escolhê-la!

— Muito, meu amigo! E te garanto que esta cítara ninguém conseguirá quebrar!

Mercedes, cabisbaixa, derramava lágrimas sobre a blusa.

Jeziel extraía as primeiras notas do instrumento, quando Marcos disse em tom de brincadeira:

— Tenho uma cobrança a fazer; antes de minha partida para a França, Arsênio me prometeu que nos apresentaria seu filho durante os festejos natalinos, e até agora nada!

– Antes da meia-noite – disse Arsênio – isto é, antes da oração que precederá o casamento de Marcos e Mariazinha. Prometo que sob as vistas de todos terei a sagrada oportunidade de abraçar meu filho!

As palavras de Arsênio fluíram com tanta certeza e emoção que os cooperadores ficaram preocupados com a possibilidade de seu filho não comparecer.

A qualquer ruído que se escutava no interior do templo, os cooperadores se voltavam para a porta de entrada na esperança da chegada do visitante.

Mariazinha retocava-se na tentativa de se apresentar dignamente para os seus esponsais, auxiliada por Mercedes e Eleutéria.

Marcos andava de um lado para outro nervosamente.

Evaristo, na tribuna, aguardava o jovem casal.

Jeziel, ao lado de Eustáquio, Bento e Gerenciana, dedilhava a cítara na preparação do ambiente.

Guaraci e Jaci entreolhavam-se como velhos namorados.

Fabrícia e Priscila, vestidas a rigor, aguardavam orgulhosas o instante em que acompanhariam Mariazinha como damas-de-honra.

Juntos no Infinito

Chegou o grande momento; da cítara de Jeziel alteavam-se as notas, e a noiva apareceu permanecendo exatamente no local em que o corredor dava acesso ao templo.

Arsênio subiu à tribuna e, abraçando Evaristo fervorosamente, disse aos presentes:

— Este é o meu filho, do qual muito me tenho orgulhado!

Todos ficaram surpresos com a revelação, e Marcos refazendo-se objetou:

— Informaste-me que teu filho reside numa casa que receberá por herança!

— Exatamente. Está é a casa que Evaristo recebeu por herança. Transformando-a neste templo de socorro!

A cítara tocava e a cerimônia prosseguia. Mariazinha, acompanhada pelas meninas, aproximou-se da tribuna, colocando-se ao lado do noivo.

Mercedes unira-se a seus pais. Evaristo preparava-se para dar início ao ato quando Jeziel, deixando o instrumento, dirigiu-se a Jaci e a Guaraci, dizendo:

— Tenho a subida honra de solicitar a mão de vossa filha em casamento!

A jovem não sabia como se comportar naquele momento. Não esperava que Jeziel tomasse aquela decisão.

329

Os pais da moça olharam-no com simpatia, porém foi Guaraci quem se prontificou a responder:

— Saiba que nos sentimos imensamente felizes em conceder a mão de nossa filha para o honrado cavalheiro!

Então, Jeziel olhou para sua amada, que o observava, surpresa, e, voltando-se, colocou-se ao lado do casal de noivos.

Se Mercedes até então não conseguira concatenar as ideias, acabou por se embaraçar ainda mais quando Jeziel, fazendo leve menção frontal, convidou-a para que se aproximasse do improvisado altar.

— Agora, Jeziel?

— Sim, meu amor!

A jovem olhou indecisa para os seus pais que assentiram com a cabeça.

Em passos lentos, pernas trêmulas, Mercedes dirigiu-se até Jeziel.

A emoção era tal que Eustáquio, com as mãos no rosto, abafava o próprio choro. Recordava Catarina, pois deveriam estar igualmente se casando naquele instante.

Iniciou Evaristo:

Senhor:

Atende neste momento

Juntos no Infinito

Os filhos da tua doutrina
Que rogam por bênção divina
A paz para o casamento.

São almas convertidas
Na pretensão de servir,
Acrescentarão ao porvir
Outras vidas renascidas.

Trilhando espinhos na Terra
No chão de paixões e dores
Conseguiram plantar flores
Em meio ao campo de guerra.

Sabendo o que desejas
Atendem a tua vontade,
Espargindo claridade
Entre as almas malfazejas.

Não pedem pão em excesso
Nem as sombras dos vergéis
Que precedem capitéis
Mas distantes do progresso...

Desejam, sim, nesta vida
Através de muito labor
A paz da família unida
Num mundo cheio de amor.

O tribuno silenciou. Os noivos, tomados pela emoção, passaram a fazer juras de amor.

— Mariazinha, eu procurarei recuperar todo o tempo em que um dia minha leviandade malsinou.

— Marcos, enfim nossa felicidade hoje se realizou, e tenho certeza de que permanecerá, pois se alicerçou em outras eras!

O casal ao lado fitava-se inebriado pela ventura.

— Jeziel, meu querido, agora eu confesso que, à medida que o negrume da adversidade tentava impedir o nosso idílio, tanto mais forte se tornava o meu amor por ti!

— Mercedes, aspiração de minh'alma, isso prova que o nosso amor é como o brilho das estrelas; quanto maior é a nossa escuridão, tanto mais intenso o seu luzir!

Naquele instante, as catedrais anunciavam o nascimento de Jesus. O coração de Eustáquio batia célere. Necessitava dizer algo. Fabrícia e Priscila fitavam o pai, condoídas.

Juntos no Infinito

O assessor levantou-se e, ao se emparelhar aos dois casais, demonstrando o desejo de ali estar com Catarina, disse a implorar:

– Meu amor, Jesus é testemunha do que me vai n'alma, portanto, permite que eu tenha a sensação de estar me casando contigo!

Doce magia apossou-se do templo. Do cimo da tribuna emanavam eflúvios do espaço. O reflexo lunar brandia sobre as frontes translúcidas dos abnegados. Como um presente do alto uma voz feminina ecoou para alegria dos que ali se encontravam:

Eustáquio, eu também te amo e o Criador conhece a extensão deste sentimento!

Meu amor, te aproxima desses companheiros que tentam levar avante os ideais do Cristo. Renuncia aos bens transitórios. Continua valorizando a honradez e o respeito ao semelhante. Educa Fabrícia e Priscila sob a égide do amor, ensejando-lhes uma existência venturosa, para que, em um futuro não muito distante, possamos merecer a felicidade de estarmos JUNTOS NO INFINITO.

Fim

Livros do Espírito Euzébio
Psicografados por Álvaro Basile Portughesi

Eu Você e as Estrelas

Juntos no Infinito

Pertinho do Céu

Eternamente Alice

Anjos de Bordel

Por Muito te Amar

Atire a Primeira Pedra

Aurora da Minha Vida

Muito Prazer! Eu sou a Felicidade...

Até o Próximo Sonho

Nas Luzes do Canjerê

O Reduto dos Infiéis